Felix Gasbarra

Schule der Planeten

Roman

W0350231

Diogenes

Die Erstausgabe erschien 1968
im Diogenes Verlag
Umschlagzeichnung von Tomi Ungerer

Veröffentlicht als Diogenes Taschenbuch, 1978
Alle Rechte vorbehalten
Copyright © 1968 by
Diogenes Verlag AG Zürich
60/86/36/2
ISBN 3 257 20549 X

We are such stuff
As BAD *dreams are made on*

SHAKESPEARE – *oder doch beinah*

ERSTES KAPITEL

Die Begebenheiten, von denen dieses Buch berichtet, gehen auf Mitteilungen zurück, die Swift seinen Freunden am Stammtisch der ›Seamaid‹ machte, um seine fast zweijährige Abwesenheit von London zu erklären. Manches daran mag ungewöhnlich, ja selbst unglaubwürdig erscheinen, doch haben wir keinen Grund, an der Zuverlässigkeit so gewichtiger Persönlichkeiten wie Alexander Pope, John Gay oder James Arbuthnot zu zweifeln, und so beginnen wir getrost mit unserer Erzählung.

Es war an einem Abend im Oktober oder November, an dem ein dichter Nebel über London hing. Von St. James hatte es vermutlich die siebente Stunde geschlagen, und in den Straßen wurden die ersten Laternen angezündet.

Swift, der beim Schein einer Kerze am Schreibtisch saß, um die ersten Abzüge eines Pamphlets gegen das Ministerium Walpole auf Druckfehler durchzusehen, wollte gerade alle Setzer der Welt und besonders die seines Verlegers Harrison mit einem neuen schrecklichen Fluch belegen, als er Schritte über sich auf dem Dachboden hörte.

Von seiner Wirtin, einer gewissen Florence Chickenham, bei der er damals ein Zimmer in der Bury Street bewohnte, konnten sie nicht sein, da sie ausgegangen war, wie er wußte, und sein Diener Patrick trieb sich mit einer an Sicherheit grenzenden Wahrscheinlichkeit in einer der benachbarten Schenken herum.

Während er noch nachdachte, wer sich um diese Stunde auf dem Dachboden bewegen mochte, klopfte es an seine Tür, und ein Fremder trat ein.

Soweit er in dem ungewissen Schein der Kerze erkennen konnte, war es ein Mann von hoher Statur und Augen von fast farbloser Bläue in dem wettergebräunten Gesicht. Er trug zu Transtiefeln und ledernen Beinkleidern eine schwere Pelzjacke und eine Pelzmütze mit Ohrenschützern, so als ob draußen die grimmige Kälte einer Polarnacht und nicht die laue, wenn auch feuchte Witterung eines Londoner Herbstabends herrschte.

»Wer sind Sie?« fragte Swift ungehalten.

Der Fremde trat einen Schritt näher und nahm die Kappe ab.

»Erkennen Sie mich wirklich nicht, Doktor? Mein Name ist Lemuel Gulliver, von Beruf Arzt und vordem Kapitän mehrerer Schiffe.«

Swift konnte sich eines Gefühls des Unbehagens nicht erwehren, faßte sich aber rasch.

»Was sollen diese Possen? Warum tragen Sie nicht einen blauen Frack und Zweispitz wie jeder ordentliche Kapitän?«

Es hänge dies, bemerkte der Fremde bescheiden, mit den besonderen Umständen einer Reise zusammen, von der er soeben zurückgekehrt sei.

»Wie sind Sie überhaupt hier hereingekommen?« setzte Swift fort, ohne auf die Antwort des

Fremden einzugehen. »Sind Sie auf das Dach geklettert, um sich die Mühe des Treppensteigens zu sparen, oder haben Sie den Weg ohne Umstände durch die Luft genommen?«

Der Gedanke war so absurd, daß ihn trotz seines Unbehagens bei der bloßen Vorstellung ein Lachen ankam, aber der Fremde entgegnete ungerührt, genau das sei der Fall gewesen.

»Hören Sie, ich liebe nicht länger als nötig zum Narren gehalten zu werden. Wer Sie auch sein mögen, sagen Sie, was Sie wollen, oder verlassen Sie das Haus, auf welchem Wege Ihnen immer gut dünken mag.«

Er sehe schon, sagte der Fremde, daß bloße Worte nicht hinreichend seien. Wenn Swift ihm aber auf das Dach folgen würde, könnte er sich ohne weiteres von der Wahrheit des Gesagten überzeugen.

Dies erschien Swift zwar als höchst unpassende Zumutung, zumal er an einer Erkältung litt, aber schließlich behielt seine Neugier die Oberhand, und so stieg er halblaut fluchend hinter dem Fremden die Bodentreppe empor.

Inzwischen war es vollends Nacht geworden, doch reichte das ungewisse Licht, das von London ausging, um ihn erkennen zu lassen, was sein später Besucher ihm zu zeigen versprochen hatte.

Es war ein ungefüges Fahrzeug, das an einem Schornstein festgemacht war und sich in der Brise wiegte, die um diese Stunde vom Meer herüberwehte. Hinter den Fenstern mochten sich mehrere Räume befinden, darunter eine Kajüte, in der eine Hängelampe über einem schweren eichenen Tisch hin und her schwang.

»Was soll der Unfug?« fragte Swift streng.

Was er hier sehe, erwiderte Gulliver, wie wir ihn trotz der von Swift gehegten Zweifel von nun an nennen wollen, sei ein ›Aeronauticus‹ oder Himmelsschiff, mit dem er sich nach Belieben von der Erde entfernen und die entlegensten Teile des Weltraums aufsuchen könne. Es sei, ohne eine Anspielung damit verbinden zu wollen, auf den Namen ›Stella‹ getauft und durch fünfundzwanzig Hanfseile mit einer großen Kugel aus Metall verbunden, das er von seiner Reise nach der ›Fliegenden Insel‹ mitgebracht habe und das, wie erinnerlich, der Schwerkraft nicht unterworfen sei. Dazu ermögliche ihm ein von ihm erfundener sinnreicher Mechanismus, das Fahrzeug durch einen gewöhnlichen Tritt in jede gewünschte Richtung zu lenken. Die erste Fahrt, von der er soeben zurückgekehrt sei, wäre zu seiner vollen Zufriedenheit verlaufen, und der Zweck seines Besuches sei der, Swift zur Teilnahme an einer zweiten, sehr viel längeren Reise durch das Weltall einzuladen.

»Da sei Gott vor!« rief Swift in hellem Entsetzen. Er konnte nicht leugnen, ein Fahrzeug vor sich zu sehen, das sich auf unbegreifliche Weise schwebend in der Luft hielt, aber er wäre eher bereit gewesen, seinen Sinnen zu mißtrauen, als seinem Besucher auch nur ein Wort zu glauben. »Nein, nein, ich bin zu alt für derlei Phantastereien, und überhaupt denke ich nicht daran, meine Gesundheit und womöglich mein Leben wegen einer Nichtswürdigkeit wie einer Reise ins Weltall aufs Spiel zu setzen.«

»Würde es Sie nicht locken, an der Entdeckung unbekannter Wesen beteiligt zu sein, die uns sicherlich auf anderen Gestirnen begegnen werden?«

Aber das brachte Swift nur noch mehr in Harnisch.

»Wenn das heißen soll, daß es außer uns noch andere Unglückliche im Weltraum gibt, womöglich vom gleichen Aussehen und mit den gleichen Eigenschaften wie wir, so wäre das schon hinreichend, nicht an Ihrer Fahrt teilzunehmen! Im übrigen fängt es an, kühl zu werden, und falls wir uns noch etwas zu sagen haben, geschieht dies besser in meinem Zimmer.«

Von dem Gespräch, das folgte, wissen wir nur, daß es lange dauerte und von beiden Seiten mit den scharfsinnigsten Argumenten geführt wurde, wie es ein so bedeutendes Vorhaben erfordert.

Swift dürfte vor allem seine Erkältung ins Feld geführt und auf die Bibel verwiesen haben, die an keiner Stelle eine Fahrt zu fremden Planeten rechtfertige, während Gulliver vermutlich das größte Gewicht auf die reichlichen Mengen Proviant, darunter eine stattliche Batterie von Sherry-Flaschen, ein bequemes Bett und den gut geheizten Ofen legte und hoch und heilig versicherte, er werde Swift zu gegebener Zeit wohlbehalten auf dem Dach in der Bury Street absetzen. Schließlich müsse er auch bedenken, sagte Gulliver und goß sich den Rest einer dritten Flasche spanischen Süßweins ein, von denen jede Swift eine runde Krone kostete, daß die Reise umsonst sei und er alle seine Bezüge bei Hof und in Dublin für längere Zeit nicht anzurühren brauche.

Es war beileibe nicht dieser Hinweis, der den Ausschlag gab, aber als es von St. James Mitternacht schlug, erhob sich Swift und sagte in einer Anwandlung von Entschlossenheit:

»In Gottes Namen denn! Ich habe mich sowieso genug über Walpole geärgert. Mögen sie sehen, wie sie ohne mich fertig werden!«

So war die Reise eine beschlossene Sache. Gulliver eilte voraus, um sein Fahrzeug instand zu setzen, aber er mußte mehr als eine Stunde warten, ehe Swift, unter der Last eines schweinsledernen Koffers keuchend, auf dem Dache erschien.

»Wo zum Henker stecken Sie eigentlich, Doktor? Ich kann das Fahrzeug kaum noch halten.«

Swift murmelte, er habe nur das Nötigste zusammengerafft, in aller Eile ein paar Zeilen geschrieben, seine Wirtin benachrichtigt und den Schurken Patrick unter Beifügung einer leider nicht unerheblichen Summe entlassen, doch hier sei er schon. Damit schwang er sich in die Gondel, sank auf eine Bank nieder und spürte gleich darauf, wie sich der Boden unter seinen Füßen hob. Die ›Stella‹ hatte sich von der Erde gelöst und ihre Fahrt zu jenen Höhen angetreten, in die sich damals nicht einmal die kühnste Phantasie der Dichter gewagt hätte.

Während das silberne Band der Themse rasch zu einem Faden zusammenschrumpfte, bis es gänzlich im Nebel verschwand, faltete Swift die Hände und bat den Himmel, ihn nicht für seinen Übermut zu strafen. Dabei fiel ihm ein, daß er vergessen hatte, seinen Freunden vom ›Scriblerus Club‹ zu schreiben, die sich wundern würden, wo er geblieben sei. Aber dazu war es zu spät, nun gut, mochte der Teufel sie holen.

ZWEITES KAPITEL

Ungeachtet der ungewöhnlichen Umstände, in die er sich versetzt sah, brachte Swift zunächst seine Habseligkeiten in einem der Wandschränke unter, ehe er an das mittlere Fenster der Kajüte trat, das im weiteren Verlauf der Reise sein bevorzugter Beobachtungsposten blieb.

Es dauerte geraume Zeit, bis er in der undurchdringlichen Schwärze des Himmels die Erde wiederentdeckte. Wie man verstehen wird, bot sie für einen Mann seiner Zeit einen befremdlichen Anblick. Wohin er sah, war alles wüst und leer wie vor der Erschaffung der Welt.

»Sagen Sie«, wandte er sich an den eintretenden Gulliver, »ist dies wirklich die Erde, die wir soeben verlassen haben?«

»Was sonst? Mißfällt Ihnen etwas an ihr?«

»Ich finde, sie macht einen geradezu erschreckenden Eindruck in ihrer trostlosen Öde, in der nichts mehr von Menschen und ihrem Werk zu sehen ist.«

»Die Welt ist nun einmal kein Bilderbuch, und es ist nicht jedem gegeben, sie so zu sehen wie sie ist, ohne den Mut zu verlieren.«

»Sie werden immerhin zugeben müssen, daß der Gedanke beängstigend ist, auf diesem Gebilde zu leben, das ohne jeden Halt im Leeren hängt und sich noch dazu um sich selbst dreht!«

»Eigentlich sollte das seit Kopernikus jedem bekannt sein, aber niemand glaubt es im Ernst. Womöglich würden sich die Menschen eine weniger große Bedeutung geben müssen, und wo kämen sie da hin.«

Damit ließ Gulliver sich an dem großen Tisch nieder und vertiefte sich in Berechnungen, die, wie Swift annahm, der Navigation des Fahrzeugs dienten.

Mittlerweile hatte sich um den Horizont ein heller Streifen gebildet, der rasch an Leuchtkraft zunahm und die Erde in ihrer Kugelgestalt und zugleich die Einöde ihrer Oberfläche deutlich hervortreten ließ. Die Entfernung von ihr war schon so beträchtlich, daß Swift sich nicht enthalten konnte zu fragen, wie hoch sie sich wohl über ihr befinden mochten und wieviel Zeit seit ihrer Abfahrt vergangen sei, eine Frage, die von Gulliver mit unverhohlenem Mißfallen aufgenommen wurde.

»Merken Sie sich, Doktor, daß Worte wie ›hoch‹, ›weit‹, ›lang‹ oder ›kurz‹ im Weltall so wenig Bedeutung haben wie irgend etwas, was

Menschen sich ersonnen haben, um sich auf ihrem Planeten einigermaßen zurechtzufinden. Einem Betrachter von einem anderen Stern könnte es erscheinen, als stürzten wir geradewegs in die Tiefe, und das, was Ihnen wie Jahre vorkommt, könnte für ihn ein Augenblick sein.«

»Aber die Gesetze der Natur, die, wie unser großer Spencer entdeckt hat, ewig und unveränderlich sind, werden auch hier wohl noch gültig sein«, erwiderte Swift gereizt.

»Gesetze der Natur!« rief Gulliver höhnisch, ohne von seinen Papieren aufzublicken, »und nun gar noch ewige! Die Natur kennt keine Gesetze und schon gar nicht die, die der Mensch alle naselang für sie aufgestellt in dem Glauben, diesmal das Richtige getroffen zu haben. O ja, man sähe gern, daß es sich so verhielte, wie man annimmt, um den Vorgängen endlich eine Art Ordnung aufzwingen zu können. Aber bald gibt man den Irrtum auf, um ihn gegen einen neuen einzutauschen!«

»Und was ist mit dem Raum und der Zeit? Wollen Sie auch deren Vorhandensein leugnen?«

»Bloße Vorstellungen des menschlichen Gehirns, das bekanntlich nur in Bildern zu denken vermag«, sagte Gulliver wegwerfend.

Und worin, wenn er fragen dürfe, befänden sie sich gegenwärtig, wenn nicht in einem leeren Raum, bemerkte Swift und warf einen verdrießlichen Blick in den gähnenden Abgrund, der sich hinter dem Fenster auftat.

Gulliver legte die Feder aus der Hand. »Ein

solches Absurdum wünsche ich nicht wieder von Ihnen zu hören. Ist schon ein von Materie erfüllter Raum ein Begriff, der besser auf einen mit Möbeln angefüllten Salon Anwendung fände, so ist ein leerer Raum der Gipfel des Unsinns. Aber das kommt davon, wenn man die beschränkten Verhältnisse seiner Umwelt auf das Unübersehbare übertragen will! Daß die Ansammlungen von Materie, aus denen die Welt besteht, keine Lücken zwischen sich dulden, war schon den Alten bekannt. Sie erfüllen auch keinen Raum, sondern sind ihr eigener Raum, der mit ihrer Ausdehnung gleich ist. Ebenso besitzt alle Materie die ihr eigene Bewegung. Was Sie mit Ihrer Uhr zu messen glauben, ist nicht Zeit, die es so wenig gibt wie Raum, sondern die Bewegung der Uhr. Ausdehnung und Bewegung sind die Erscheinungsform der Materie, ohne die sie nicht wäre, und so wenig von ihr zu trennen wie ihre Gestalt oder ihre Dichtigkeit.«

Damit griff Gulliver wieder zur Feder, während die ersten Strahlen der Sonne, die hinter der Erde hervortrat, die Kajüte erfüllten.

An der Stelle des freundlichen Tagesgestirns, das er in London nur zu oft vermißt hatte, erblickte Swift in dem nachtschwarzen Himmel ein feuriges Ungeheuer, das Flammen nach allen Seiten spie und sich in Zuckungen und Krämpfen zu winden schien.

Der neue Anblick war nicht geeignet, seine Stimmung zu bessern, und insgeheim verwünschte er das ganze Abenteuer, auf das er sich eingelassen hatte. Daran änderte auch die erste Mahlzeit nichts, die Gulliver auf den Tisch brachte, eine Zusammenstellung von Rauchfleisch, Käse und Hartbrot, an der sich, außer der Reihenfolge, auch in Zukunft nichts ändern sollte. Auch der Sherry war nicht nach seinem Geschmack, und schließlich traf Gulliver alle Anstalten, sich eine Pfeife anzuzünden.

»Wenn Sie schon rauchen müssen, so machen Sie wenigstens ein Fenster auf«, sagte er ungehalten.

»Wo denken Sie hin! In wenigen Augenblicken werden wir den Mond erreichen, und da ist es besser, alle Luken geschlossen zu halten.«

In der Tat erschien kurz darauf der Mond in Gestalt einer gewaltigen grauen Wölbung, aus der, grell von der Seite beschienen, die gezackten Ränder, Krater und Ringgebirge hervortraten, mit denen die Menschheit ihren größten Söhnen ebenso dauerhafte wie kostenlose Denkmäler gesetzt hat.

Eine Weile betrachtete Swift hustend die sonderbaren Gebilde. Seit er bei seinem Freunde Eckershall, dem Küchenchef der Königin, einmal eine brodelnde Kartoffelsuppe beobachtet hatte, war er nicht nur überzeugt, daß man aus Kochtöpfen mehr lernen könne als aus allen Büchern der Naturwissenschaft, sondern auch, daß die Krater auf dem Monde vulkanischen Ursprungs seien.

Dieser Ansicht sei auch er einmal gewesen, bemerkte Gulliver, doch habe er im Spanischen

Erbfolgekrieg gesehen, daß Bomben großen Kalibers bei ihrem Aufschlag im Boden die gleichen Vertiefungen mit einem Kegel in der Mitte hervorgerufen hätten.

Swift, dem von einer Teilnahme seines Gefährten am Spanischen Erbfolgekrieg nichts bekannt war, streifte ihn mit einem mißtrauischen Blick.

»Wenn Ihre Annahme zuträfe, müßte der Mond früher bewohnt gewesen sein, und zwar von Wesen, die immerhin Bomben herzustellen verstanden. Wie Sie wissen, zweifle ich daran, daß es außer den Menschen noch andere, ebenso hoch entwickelte Wesen im Weltall gibt oder gegeben hat. Daß es aber denkende Wesen gegeben haben sollte, die ihren eigenen Planeten in Schutt und Trümmer gelegt haben, das zu glauben weigere ich mich auf das entschiedenste.«

Gulliver erschien dies nicht so unglaublich, und zu seinen Berechnungen zurückkehrend warf er beiläufig hin, er sei überzeugt, im weiteren Verlauf der Reise auf andere, noch lebende Geschöpfe zu stoßen, wobei er Swift überlasse, sie als denkend zu bezeichnen oder nicht.

»Sie wollen allen Ernstes die Reise fortsetzen?« rief Swift. »Ich meine, wir sind jetzt im Weltall weit genug herumgekommen und könnten die Heimreise antreten.« Die politische Lage bereite ihm doch rechte Sorgen, und auch bei ihm mache sich die Anstrengung und Aufregung der letzten Stunden nachgerade bemerkbar.

Dann möge er es sich in seiner Koje bequem

machen und schlafen, war vermutlich der Rat Gullivers, den Swift auch befolgt haben muß, denn er kam erst wieder zu sich, als er sich am Arm gepackt und heftig geschüttelt fühlte.

»Stehen Sie auf, Doktor! Ein Planet ist in Sicht, der noch nirgends verzeichnet steht. Vielleicht behalte ich mit meiner Annahme schneller recht, als ich dachte.«

Es war, wie Gulliver gesagt hatte. In einem fast farblosen Firmament, das von einer unsichtbaren Sonne erhellt wurde, schwebte eine wie aus Glas geblasene Kugel von tiefem Blau. Sie bot ein Bild stillen Friedens und reinster Schönheit und entlockte Swift, der sonst sehr zurückhaltend war, laute Rufe der Bewunderung. Hätte er geahnt, was ihr Inneres barg, wäre er sparsamer damit gewesen.

Nachdem sie sich dem Gestirn bis auf etwa fünfhundert Meilen genähert hatten, sahen sie, daß es gänzlich aus Wasser bestand und daß sich darin große Schwärme von Tieren tummelten und einander wie spielend umkreisten. Aber erst durch das Fernrohr entdeckten sie, daß die Tiere in Wirklichkeit miteinander kämpften.

In ihrer Scheußlichkeit glichen sie keinem bekannten Lebewesen, und man hätte sie kaum als denkend, geschweige denn menschenähnlich bezeichnen können. Es waren riesige Ungeheuer, wie Molche, Schlangen und Krokodile anzusehen, die sich in den lichtlosen Abgründen ihres Gestirns mit furchtbaren Klauen, Hörnern und Gebissen anfielen und zerfleischten.

»Um Gottes Barmherzigkeit willen, was soll das!« rief Swift, das Teleskop an Gulliver zurückreichend. »Sind diese Untiere nur geschaffen, sich gegenseitig zu morden?«

Es seien hirnlose Wesen, die blindlings ihren Trieben folgten, ohne zu wissen warum, erwiderte Gulliver gleichgültig.

»Dann sollte ihr Instinkt sie davor bewahren, ihre kurze Lebenszeit noch abzukürzen! Es wird sowieso nicht lange dauern, bis sie samt dem Wassertropfen, in dem sie hausen, verschwunden sein werden und von allem nichts mehr übrig sein wird als ein Dunst von Verwesung. Wenn das die Ordnung und Harmonie der Natur ist, die das Weltall beherrschen soll, dann können wir auch zur Erde zurückkehren!«

Nun, meinte Gulliver, noch immer das schreckliche Schauspiel musternd, die Natur sei ein großes Wort, das man gern auf alles anwende, was man sich sonst nicht erklären könne. Aber was man darunter auch verstehen möge, Harmonie, Vernunft oder Ordnung dürfe man bei ihr nicht suchen.

Danach nahmen sie ihre zweite Mahlzeit ein, die nach irdischer Zeitrechnung etwa vier Monate nach der ersten stattfand und aus Hartbrot, Käse und Rauchfleisch bestand, sowie einer Flasche Sherry, von dem Gulliver, ebenso wie von Tabak, unerschöpfliche Mengen an Bord haben mußte.

DRITTES KAPITEL

Das Sonnensystem, dem die Erde angehört, war schon lange verschwunden, und die ›Stella‹ dürfte sich in einem Winkel von 34 Grad nördlich der ›Hyaden‹ befunden haben, als aus dem kosmischen Nebel, den sie durchquerte, eine kleine gelbliche Sonne auftauchte, um die sich eintönig und verdrossen ein paar erloschene Planeten drehten.

Einer von ihnen, eine kleine runzelige Kugel, erregte die Aufmerksamkeit Gullivers, der aus den Wolken, die sie umgaben, auf das Vorhandensein von organischem Leben schließen wollte.

Das Gestirn bestand aus Wasser, teils in gefrorenem, teils in flüssigem Zustand. Dazwischen schwammen einige Schollen festen Landes, das jedoch kaum diesen Namen verdiente, war es doch der Schauplatz eines ununterbrochenen Aufruhrs der Elemente. Wenn nicht Schnee oder Regen darauf niederstürzte, wurde es von wütenden Stürmen gepeitscht oder von glühender Hitze ausgedörrt. An vielen Stellen schwankte die Oberfläche unter der Gewalt schrecklicher Stöße aus dem Inneren, und aus dem Boden brachen Ströme von Feuer und Schlamm, die alles in ihrem Umkreis zerstörten.

Einmal glaubten sie am Rande eines schäumenden Meeres eine Ansammlung niedriger kastenförmiger Gebilde zu erblicken, die das Ufer wie ein grauer Aussatz bedeckten. Doch noch ehe sie sich über die Erscheinung klarwerden konnten, war sie schon von einer gewaltigen Woge fortgespült, so als schämten sich die Elemente selbst dieses Schandflecks.

Es war, als hätten sich alle biblischen Plagen auf diesem Unglücksstern ein Stelldichein gegeben, und es schien undenkbar, daß sich dort Wesen selbst der niedersten Art am Leben erhielten.

Swift, der den Planeten von Anfang an mit einem ihm selbst unerklärlichen Mißtrauen betrachtet hatte, sah mit Besorgnis, daß Gulliver sich an der Steuerung zu schaffen machte.

»Sie wollen doch nicht etwa hier landen?«

»Warum nicht?« rief Gulliver aus dem Bugraum und machte den Anker los. »Nach allem, was ich beobachtet habe, bin ich mehr denn je überzeugt, da unten auf höherentwickelte Lebewesen zu treffen.«

»Sie meinen, die elendesten, die es nur geben kann! Was müßten das für Wesen sein, die sich unter Verhältnissen an ihr Dasein klammern, denen jedes Tier den Tod vorziehen würde!«

Und wie, wenn ihnen das als die ganz natürliche Ordnung der Dinge erschiene, gab Gulliver zurück und versetzte der ›Stella‹ einen Tritt, der sie auf die Oberfläche zulenkte.

»Um so schlimmer für sie«, rief Swift, »wenn sie ihre erbärmliche Lage nicht einmal mehr bemerkten!«

Sie landeten inmitten eines Orkans, der Bäume und Felsbrocken wie Hühnerfedern vor sich hertrieb. Dazu blitzte und krachte es von allen Seiten, und ein wütender Regen peitschte ihnen ins Gesicht.

Sie hatten gerade mit Mühe ihr Fahrzeug an einem Felsen festgemacht, und Swift wäre am liebsten in die Gondel zurückgekehrt, die ihm in diesem Augenblick als der Inbegriff aller Geborgenheit und Sicherheit erschien, als Gulliver einen Ruf der Überraschung ausstieß.

In geringer Entfernung vor ihnen bewegten sich einige lebende Wesen in aufrechter Haltung halb hüpfend, halb stolpernd unsicher hin und her. Sie waren im Regen kaum erkennbar und hatten anscheinend die Richtung verloren.

»Ihnen nach!« rief Gulliver und sprang von dem Felsen hinab, so daß Swift nichts übrig blieb, als das gleiche zu tun.

Sie befanden sich auf einer wüsten, von schroffen Gipfeln umgebenen Hochebene, wie sie beim Schein der sich unaufhörlich folgenden Blitze erkannten. Der sumpfige Boden und das scharfe Geröll hätte sie auch auf der Erde zur Verzweiflung gebracht, und sie waren nahe daran, die Verfolgung aufzugeben, als sich unvermittelt vor ihnen ein roh aus Erde und Steinen gefügter niedriger Bau erhob, in dem die Tiere, oder was sie waren, eins nach dem anderen verschwanden.

Vorsichtig traten sie an eine Öffnung heran, aus der ein matter Lichtschein drang, und spähten ins Innere.

Der Anblick, der sich ihnen bot, war geeignet, sie das Unwetter und ihre mißliche Lage vergessen zu lassen.

In einer spärlich erhellten Höhle hockten etwa zehn Wesen von abenteuerlichem Aussehen um ein längliches Brett, auf das sie unter heiserem Gebell einschlugen.

Sie waren von der Größe eines ausgewachsenen Yorkshire-Schweines, an das sie auch sonst erinnerten, jedoch am ganzen Leibe dunkel behaart. Ausgenommen davon waren nur die Greifklauen und eine kürbisgroße Mißbildung an der Stelle, wo sich bei andern Lebewesen der Kopf zu befinden pflegt. Sie war von einer bräunlichen Haut überzogen und von Löchern und teils fleischigen, teils knorpeligen Auswüchsen bedeckt. Vermutlich handelte es sich um den bis zur Unkenntlichkeit aufgetriebenen obersten Rückenmarkswirbel und die Sinnesorgane, mit denen die Wesen das düstere Bild ihrer Umwelt in sich aufnahmen.

Eins von ihnen trug deutlich sichtbar am Oberleib zwei schwammige Geschwülste, was auf Säugetiere zu schließen erlaubte.

Nachdem sie dem Treiben eine Weile zugesehen hatten, erhob sich ein Tier und entledigte sich, als sei es die selbstverständlichste Sache von der Welt, seines Felles, worauf ein anderes, schmutzig graues zum Vorschein kam.

»Haben Sie das gesehen?« rief Swift. »Sie stekken in künstlichen Fellen und noch dazu in verschiedenen!«

»Sie werden schon einen Grund haben, sich nicht in ihrer wahren Gestalt zu zeigen«, gab Gulliver zurück.

Die Wesen waren inzwischen aufgesprungen und machten Miene, übereinander herzufallen. Sie schüttelten die Vorderpfoten gegeneinander und gaben knurrende und bellende Laute von sich.

Ebenso schnell beruhigten sie sich jedoch. Zwei umarmten sich sogar und schwankten unter herzzerreißendem Heulen in der Höhle umher. Die andern folgten ihrem Beispiel, einige fielen hin, eins ließ in einer Ecke sein Wasser, und ein anderes gab einen bräunlichen Brei aus seinem Freßschlitz von sich.

»Habe ich Ihnen nicht gesagt, daß wir hier auf höherentwickelte Wesen stoßen würden!« sagte Gulliver. Doch noch ehe Swift antworten konnte, hob und senkte sich der Boden unter ihnen heftig, und gleichzeitig erscholl ein dumpfer Donner.

Sie sahen sich bedenklich an. Die Tiere schienen jedoch nichts bemerkt zu haben. Sie sprangen und hüpften herum, wobei sie in die Vorderpfoten klatschten oder sich aufs Hinterteil schlugen. Ein Tier, dessen Freßschlitz von einem Kranz borstiger Haare umstanden war, hielt das Tier mit den Eutern umklammert und schwenkte es wie besessen im Kreise herum. Ein anderes begleitete den Vorgang mit einem mißtönenden Heulen.

Es hatte gerade seinen Schlitz bis zur äußersten Dehnfähigkeit der Schleimhäute aufgerissen, als ein neuer, noch stärkerer Stoß aus dem Inneren des Planeten den Bau ins Wanken brachte. Die Wesen hielten erschrocken inne, richteten sich auf und lauschten nach allen Seiten, um dann in wilder Panik zu dem einzigen Ausgangsloch der Höhle zu stürzen.

»Fort von diesem elenden Bau!« rief Gulliver durch den Sturm und sprang zurück. Aber Swift konnte sich nicht losreißen.

Vor dem Ausgangsloch lagen die Tiere in einem Haufen übereinander, schlugen aufeinander ein und traten sich mit den klumpigen Enden ihrer Hinterläufe. Sie hatten offenbar in ihrer Todesangst versucht, sich gegenseitig zuvorzukommen, und waren, statt zu flüchten, darüber handgemein geworden.

Swift sah noch, wie das Männchen mit den Schnurrhaaren dem Weibchen mit der geballten Klaue in den Freßschlitz schlug, um es von sich abzuschütteln. Dann wurde es dunkel. Einen Augenblick hörte man das Schreien und Heulen der eingeschlossenen Tiere und gleich darauf das Splittern und Krachen des Bauwerks, als es in sich zusammenbrach.

»So kommen Sie doch, zum Henker!« rief Gulliver und eilte in so langen Sätzen voraus, daß Swift Mühe hatte, ihn einzuholen.

»Um Gottes willen, was waren das für Geschöpfe?« sagte er atemlos, kaum bei Gulliver angelangt.

»Ich würde sie nicht so nennen«, sagte Gulliver stehenbleibend. »Wo in aller Welt glauben Sie einen Schöpfer zu finden, der bereit wäre, dafür die Verantwortung zu tragen! Aber verlieren wir keine Zeit!«

Swift hätte das Gespräch gern fortgesetzt, doch machten die anhaltenden Donnerschläge und der prasselnde Regen die weitere Verständigung unmöglich.

Zu ihrer großen Erleichterung fanden sie die ›Stella‹ am gleichen Platz unversehrt vor. Gulliver schwang sich als erster hinein, und Swift war gerade dabei, ein Dankgebet für ihre wunderbare Errettung gen Himmel zu senden, als ihn ein Stoß vor die Brust rücklings zu Boden warf. Er sah noch, daß die ›Stella‹ sich wild schlagend in die Lüfte erhob, und hörte die Tür der Gondel krachend ins Schloß fallen, ehe er das Bewußtsein verlor.

Es war heller Tag, als er wieder zu sich kam. Er hatte die Nacht in einer Regenlache verbracht und ihn fror, obwohl das Tagesgestirn brannte, als sei es ein glühender Kachelofen.

Mühsam richtete er sich auf und blickte um sich. Von Gulliver und der ›Stella‹ war weit und breit nichts zu sehen, nur kahle Gipfel und ödes Bergland umgaben ihn. Es dauerte einige Zeit, bis ihm klarwurde, daß er sich allein auf einem fremden Planeten befand, ohne Aussicht, je auf die Erde zurückzukehren, und ohne Hilfsmittel, außer seinem Schreibzeug und ein paar Goldstükken, die er auf dem Leibe trug.

Da es aber zu den edelsten Tugenden des Menschen gehört, sich jeder Lage anzupassen und sei sie noch so elend, machte er sich auf den Weg, um irgendwo Obdach und Nahrung zu finden.

Wie er sich später erinnerte, irrte er mehrere Tage umher, mehr als einmal der gänzlichen Erschöpfung nahe und immer wieder Gulliver und seinen eigenen Leichtsinn verfluchend, bis er auf einer spärlich bewaldeten Anhöhe in zunehmendem Maße in Haufen von tierischem Unrat trat, was ihn mit neuer Hoffnung erfüllte, waren sie doch untrügliche Zeichen dafür, daß er sich der Behausung lebender Wesen näherte.

Gleich darauf sah er zu seinen Füßen eine Ansammlung häßlicher kastenförmiger Gebilde, die wie ein grauer Aussatz ein Tal und die umliegenden Hänge bedeckte, worauf er abermals das Bewußtsein verlor.

Um ein Haar wäre er ein drittes Mal in Ohnmacht gefallen, als er die Augen wieder aufschlug. Um ihn herum hockten etwa zwanzig der häßlichen Tiere und starrten ihn aus ihren wäßrigen Sehschlitzen an. Bei Tage trat die grausige Komik ihrer Erscheinung noch deutlicher hervor als im unsicheren Licht der Höhle, wozu kam, daß sie sich ihres Aussehens offenbar nicht bewußt waren.

Entschlossen, ihr Vorhandensein nicht zur Kenntnis zu nehmen, erhob sich Swift, was ein bedrohliches Gemurmel zur Folge hatte. Trotzdem hätten sie sich kaum an ihn herangewagt, wäre er nicht nach den ersten Schritten über eine Wurzel gestolpert und gefallen. So aber stürzten sie auf ihn los und schleppten ihn mit Geschrei und unter übertriebener Anwendung von Gewalt in ihre nahe gelegene Siedlung, bei deren Anblick er kurz vorher zusammengebrochen war.

Damit begann sein Leben unter den Wesen jenes Planeten, die ihm nach seinen eigenen Worten noch widerwärtiger waren als seine eigenen Zeitgenossen, was immerhin etwas heißen will. Da dem Menschen bekanntlich ein besonderer Zeitsinn fehlt, vermochte er nicht zu sagen, wie lange er bei ihnen weilte. Manchmal war ihm, als seien es nur wenige Monate, dann wieder, als sei es sein ganzes Leben gewesen. Jedenfalls blieben sie ihm immer fremd, so wie er ihnen, und wenn er glimpflich davonkam, dann nur, weil er ihnen nach Möglichkeit aus dem Wege ging. Aber setzen wir unsere Erzählung fort.

In einer nach Schweiß und Unrat stinkenden Höhle wurde er vor ein Leittier mit einem besonders bunten Fell gebracht, das ihn von allen Seiten beroch, unter knurrenden Lauten seine Taschen durchwühlte, ihn aber schließlich laufenließ, vermutlich, weil es nicht wußte, was mit ihm anfangen. Swift hingegen war überzeugt, er habe sein Leben einem rasch hervorgeholten Goldstück zu verdanken, das er dem Tier in die hingehaltene Vorderpfote steckte, und das es auch blitzschnell verschwinden ließ. Er schloß daraus, daß die Tiere eine Vorliebe für alles glänzende Metall und besonders Gold hatten, womit er nicht irrte; denn ein zweites Goldstück bewirkte, daß er noch am gleichen Abend in der Siedlung eine Unterkunft fand.

Es war ein hochgelegenes und dennoch finsteres Loch in einem Bau, in welchem die Tiere in zahllosen Höhlen, Kammern und Gängen wie

Maden in einem Käse durcheinander wimmelten.

Im fahlen Licht der hereinbrechenden Dämmerung boten die kahlen Bauten in ihrer Gleichförmigkeit einen beklemmenden Anblick. Nur wenige der Tiere waren noch unterwegs, gefolgt von einem niedrigen vierbeinigen Wesen, das fortwährend stehenblieb, Kot und Urin absonderte und ein heiseres Heulen von sich gab.

Erschöpft sank er auf das in der Kammer befindliche Lager, von dem er noch wahrnahm, daß es aus den Federn und der Wolle anderer Tiere verfertigt war. Er vergaß sogar sein Abendgebet zu sprechen, vielleicht nicht so sehr vor Müdigkeit, als in der Annahme, daß Gott für diesen Planeten unmöglich zuständig sein könne.

VIERTES KAPITEL

Waren wir bisher auf die Angaben angewiesen, die Swift nach seiner Rückkehr besonders seinen Freunden Pope und Arbuthnot gegenüber machte, so besitzen wir für das Folgende Aufzeichnungen, die sich im Nachlaß seines Verlegers Motte gefunden haben. Es ist uns bekannt, daß ihre Echtheit von verschiedenen Seiten, die sich als sachverständig ausgeben, angezweifelt, oder daß sogar von einer Fälschung gesprochen wird, die der Reverend Tooke nach Swifts Tode vorgenommen habe. Aber man weiß ja, was man von Sachverständigen zu halten hat, und so überlassen wir es dem Scharfsinn des Lesers, sich sein eigenes Urteil zu bilden.

Swifts mutmaßliche Aufzeichnungen über seinen Aufenthalt unter den ›Mnus‹

»Von Gulliver keine Spur. Manchmal habe ich den Verdacht, daß die ganze Reise auf einen Anschlag meines alten Widersachers, des Lord-Oberrichters W., zurückgeht, der sich meiner auf die bequemste Art entledigen wollte. Jedenfalls muß ich zusehen, wie ich mich unter diesen Tieren, oder was sie nun sein mögen, einrichten kann.

Da ich sie ununterbrochen bellen und schnattern höre, worin sich besonders die Weibchen hervortun, scheinen sie so etwas wie eine Sprache zu besitzen. Auf sich selbst wenden sie einen Laut an, der wie Mnu klingt und zwar in einer Weise, als sei es eine nur ihnen zustehende Auszeichnung. Ich dagegen halte es für einen bloßen Summlaut, den sie zwischen Gaumen und Nase hervorbringen, womit sie den Sitz ihres Bewußtseins anzudeuten versuchen.

Ich habe mich erst ein Mal ins Freie gewagt und dabei weniger Aufsehen erregt, als ich gefürchtet hatte. Nur ein paar kleine Mnus, fette, fleischige Geschöpfe, die überall herumwimmeln und eine wahre Landplage sind, warfen mir Steine und Klumpen von Kot nach, woran es nicht fehlt. Fortgesetzt tritt man in Unrat, und aus allen

Kammern und Höhlen quillt ein Gestank, daß es einem den Atem verschlägt.

Die meisten Tiere sehen krank und ängstlich aus, als fürchteten sie jeden Augenblick verprügelt zu werden. Viele haben Gebrechen und Leiden, an denen jedes andere Tier längst eingegangen wäre.

Wenn sie sich nicht in einem Zustand unnatürlicher Erregtheit befinden, sind sie von krankhafter Schläfrigkeit, besonders morgens. Sie können sich kaum entschließen, ihren Bau zu verlassen, wanken unschlüssig herum, kratzen ihre Mißbildung und benehmen sich, als seien sie nicht Herr ihrer fünf Sinne.

Sie sind von einer Gefräßigkeit, die selbst diejenige von Ratten übertrifft, ja eigentlich fressen sie ununterbrochen. Dazu sind sie so diebisch, daß mein Diener Patrick von ihnen noch lernen könnte. Wie ich sehe, schafft nur ein Teil von ihnen das Futter heran, während die übrigen davon leben, es ihnen oder sich gegenseitig vom Munde zu stehlen, woraus endloser Streit und wütende Balgereien entstehen.

Zum Fressen versammeln sie sich in einer Höhle, die dann von Schmatzen, Schlürfen und Stöhnen erfüllt ist, von anderen Geräuschen nicht zu reden.

Ich wagte mich nur mit größter Vorsicht hinein, und nur der ärgste Hunger trieb mich, etwas von ihrem Fraß anzurühren, der hauptsächlich aus zerhackten toten Tieren anderer Gattungen besteht. Es ist ein unheimliches Gefühl, von fressenden Mnus umgeben zu sein, und anfangs fürchtete ich, sie könnten sich auch an mir vergreifen. Sie schaufeln ihr Futter mit solcher Gier in sich hinein, daß ihnen die Gallertkugeln aus den Sehschlitzen treten und ein weißer Saft aus der Schnauze rinnt. Ganz offensichtlich fressen und trinken sie mehr, als zur Erhaltung ihres Lebens notwendig ist, mit dem Unterschied, daß sie nach dem Trinken fast regelmäßig in einen rauschähnlichen Zustand verfallen, in dem sie überhaupt nicht mehr wissen, was sie tun, wohingegen ihnen nach dem Fressen nur übel wird.

Immerhin haben sie es bis zu einer gewissen Stufe der Entwicklung gebracht, denn ich entdeckte neben der Höhle mehrere kleine Kammern, die dazu dienen, sich zu entleeren und zu erbrechen, was mir bisher von keinem anderen Tier bekanntgeworden ist.«

»Ich bin mir noch immer nicht im klaren, worin sie sich eigentlich von andern Tieren unterscheiden. Es besteht kein Zweifel, daß es sich um Säugetiere handelt. Ich begegne immer wieder trächtigen Weibchen, die ihren angeschwollenen Bauch unter ihrem künstlichen Fell zu verstecken suchen. Alle ihre Funktionen sind tierisch. Aber während bei einem echten Tier alles natürlich und selbstverständlich wirkt, macht es bei ihnen einen unnatürlichen und abstoßenden Eindruck. Daß sie feste Wohnungen zu errichten verstehen, haben sie mit vielen Tieren gemeinsam, und ihre Sprache unterscheidet sich nicht viel von der einer Affenherde. Das einzige, was mir rätselhaft bleibt, sind ihre künstlichen Felle, über die sie manchmal ein zweites und sogar ein drittes ziehen. Zum Schutze gegen die Witterung sind sie denkbar ungeeignet, denn bei Regen sehen sie aus wie aus dem Wasser gezogene Katzen. Außerdem bleiben sie bei schlechtem Wetter meistens in ihren Höhlen. Sie haben also, wie Gulliver meinte, einen Grund, ihre wahre Gestalt zu verstecken, oder sie wollen sich mit ihren Fellen herausputzen und sich von anderen Tieren unterscheiden. Wenn dem so sein sollte, ist der Zweck verfehlt, denn je weniger tierisch sie zu erscheinen suchen, desto tierischer wirken sie.«

»Auf einem Spaziergang, wie ich ihn auch hier unternehme, wurde ich Zeuge, daß ein großes Tier mit Hörnern am Kopf sich losriß und in wilden Sprüngen davonsetzte. Im Handumdrehen waren alle in der Nähe befindlichen Mnus, obwohl in der Überzahl, in Bodenlöchern oder hinter Mauern verschwunden oder hatten sich auf Bäumen in Sicherheit gebracht.

Von der allgemeinen Aufregung angesteckt, flüchtete ich in einen nahe gelegenen Bau. Aus allen Kammern ertönte Geschrei und Gewinsel, dazu roch es, daß mir fast übel ward. Ich zog mich bis zum Ende eines Ganges zurück und hörte aus einer Kammer ein sonderbar taktmäßiges Knarren, zu dem sich Brummen und schrille Schreie gesellten, die ohne Zweifel von einem Weibchen ausgingen. Gerade als ich mich entfernen wollte, schlüpfte ein Männchen heraus, das sich an seinem Fell zu schaffen machte und mich so wütend anglotzte, daß ich schleunigst das Weite suchte.«

»Je länger ich die Tiere beobachte, desto närrischer kommen sie mir vor. Sie jucken und kratzen sich den ganzen Tag oder machen sich sonst an ihrem Leibe zu schaffen, wackeln mit ihren Mißbildungen, wenn sie ihre hustenden und röchelnden Laute von sich geben, und verbreiten einen Geruch um sich, als seien sie bis zum Hals voller Unrat.

Sie haben Gewohnheiten, wie ich sie noch bei keinem andern Tier beobachtet habe, zum Beispiel strecken sie sich unaufhörlich die Vorderpfoten hin, als wollten sie sich anbetteln. Erst nach einiger Zeit begriff ich, daß sie sich auf diese Weise begrüßen, doch bringe ich es nicht über mich, ihre Pfoten zu ergreifen, die feucht aussehen und nach Schweiß riechen.

Soweit ich einzelne Laute zu unterscheiden vermag, teilen sie sich hauptsächlich ihre Krankheiten und das Wetter mit, über das sie sich immer wieder von neuem zu wundern scheinen.

Sie bemerken offenbar nicht, wie mißgestaltet sie sind. Die Männchen schleppen einen unförmigen Bauch mit sich herum, während die Weibchen sich durch ein nicht minder unförmiges Hinterteil auszeichnen. Vor allem, was ihre Gestalt spiegelt, können sie stundenlang verharren und sich wie verzückt betrachten.

Ihren aufrechten Gang dürften sie erst unlängst

angenommen haben, denn sie fallen häufig hin, oft über ihre eigenen Hinterläufe. Vermutlich haben sie noch bis vor kurzem auf Bäumen gelebt.

Zu einer größeren Katastrophe, wie ich sie befürchtet hatte, ist es bisher noch nicht gekommen. Aber schon ein leichter Regen oder Schneefall genügt, um ihr ganzes Leben durcheinander oder zum Stillstand zu bringen, einschließlich der Suche nach Futter. Man könnte annehmen, daß sie an die Unbilden ihres Gestirns gewöhnt sein müßten. In Wirklichkeit sind sie ihnen gegenüber hilfloser als jedes andere Tier.«

»Gestern geriet ich in eine brüllende Horde von Mnus, die sich wie wild gebärdeten, ohne daß ich einen Grund dafür erkennen konnte. Sie hatten sich vor einem größeren Höhlenbau zusammengedrängt, gegen den sie Steine und Unrat warfen. Einige, die sich im Hintergrund hielten, bellten wie unsinnig, als wollten sie die anderen anfeuern. Obwohl sie sich gegenseitig nicht riechen können, ist der Herdentrieb derjenige, der sie am meisten beherrscht.

Als unvermutet hinter dem Bau eine Anzahl von Mnus erschienen, die in bunten Fellen steckten und an den Hinterläufen schwarze Futterale aus der Haut anderer Tiere trugen, ergriffen alle die Flucht, wobei sie sich gegenseitig zu Fall brachten und ernste Verletzungen zufügten. Allen voran nahmen diejenigen Reißaus, die am lautesten gebrüllt hatten. Sie scheinen demnach die größte Angst vor einander zu haben und sich die Prügel gegenseitig zu verabreichen, was auf eine gewisse Einsicht deutet, denn mehr als Prügel sind sie nicht wert.

Was ich am meisten an ihnen bewundere, ist die Geschicklichkeit, mit der sie sich in Sicherheit bringen, und wahrscheinlich hat sie diese Fähigkeit vor dem Aussterben bewahrt.

Im übrigen ist mir unbegreiflich, wie sie es fertiggebracht haben, andere Tiergattungen zu unterdrücken oder auszurotten. Es gibt kaum ein Tier auf ihrem Planeten, das nicht die Flucht ergreift, sobald es ein Mnu auch nur von weitem erblickt.

Neben der unangenehmen Beweglichkeit ihrer Klauen, die es ihnen ermöglicht, so heimtückische Geräte wie Schlingen, Fallen und Schleudern zu verwenden, scheint ihre Überlegenheit vor allem in ihrer Niedertracht, Grausamkeit und Hinterlist zu bestehen, wie kein anderes Tier sie besitzt. Wenn sie die gleichen Eigenschaften auch untereinander anwenden, wie ich anzunehmen Grund habe, so ist das ein hoher Preis für die Stellung, die sie sich auf ihrem Planeten angemaßt haben.«

»Seit einigen Tagen stürmt und schneit es, und ich habe meine Kammer nicht verlassen. Ich habe Schnupfen und bin denkbar schlechter Laune. Gulliver und die ›Stella‹ je wiederzusehen, habe ich keine Hoffnung, und meine Goldstücke gehen auf die Neige. Ich sehe den Tag voraus, an dem ich mir mein Futter selbst werde beschaffen müssen, wenn ich auch nicht weiß, auf welche Weise. Mit meinem geringen Witz und der Fähigkeit, meine Beobachtungen und müßigen Gedanken niederzuschreiben, werde ich bei den Mnus nur geringe Wirkung haben. Auch fehlt es mir an der Hinterlist, Dummheit und Unverschämtheit, um mich unter ihnen zu behaupten, und schließlich begehe ich den Fehler, sie meine Verachtung und meinen Abscheu zu deutlich merken zu lassen.

Sie kennen den Begriff des Eigentums, ja er ist bei ihnen sogar so ausgebildet, daß man sie als habsüchtig bezeichnen könnte, und ich würde den Tod vorziehen, statt sie anzubetteln oder von ihnen in irgendeiner Weise abhängig zu sein. Ich werde mich jedoch entschließen müssen, mir ihre Laute anzueignen, so schwer es mir auch fällt.«

»Ein Männchen mittlerer Größe, das den Laut ›Schtschu‹ oder ›Schtschi‹ ausstößt, wobei es auf sich deutet, muß von meinen Goldstücken gehört haben und scheint entschlossen, sie mir bis auf das letzte abzunehmen, wofür es mir ihre Laute beibringen will. Es ist ein besonders häßliches Exemplar seiner Gattung, aber von großer Reinlichkeit, denn es holt sich immer wieder den getrockneten Schleim aus seinen Atemlöchern, um ihn sorgsam in meiner Kammer zu verstreuen. Die Löcher sind für sie von großer Wichtigkeit, müssen sie doch durch sie das Luftgemisch ihres Gestirns in sich einsaugen, andernfalls sie sofort tot umsinken würden.

Die ersten Laute, die es mir beibrachte, und die ich bis zum Überdruß wiederholen mußte, waren, wie nicht anders zu erwarten, ›mnu‹ und alles, was damit zusammenhängt, wie ›mnu-dom‹, ›mnu-ish‹, ›mnu-mn-ty‹, ›mnu-mn-tarian‹ und so fort.« (Swift bedient sich hier der phonetischen Schreibweise, in der die Engländer schon immer Meister waren, wenn es sich darum handelte, Tierlaute wiederzugeben.) »Ich fürchte, ich werde bis ans Ende meines Lebens eine Abneigung gegen sie nicht loswerden.

Eines ist mir schon jetzt klar – warum die Tiere einander dauernd mißverstehen und warum sie die Klauen zu Hilfe nehmen, um sich zu verständigen. Die meisten Laute sind bloße Nachahmungen von Naturgeräuschen, andere haben eine doppelte und dreifache Bedeutung, die man erraten muß, und viele haben gar keine. Sie werfen damit zwar um sich wie mit Nußschalen, aber ich will meine Pfarre gegen einen alten Hut setzen, daß kein Mnu imstande ist, sich unter ›immatirl‹, ›etr-nl‹ oder ›nd-less‹ auch nur das geringste vorzustellen.«

»Wie ich mir schon dachte, ist ihnen die Einrichtung der Familie bekannt. In meinem Bau höre ich aus allen Kammern, in denen Männchen und Weibchen zusammenhausen, ununterbrochenes Schreien und Brüllen, wozu sich das Geräusch klatschender Schläge und das Winseln der Brut gesellt. Als ich das Schtschu oder Schtschi danach fragte, erhielt ich zur Antwort, ›th fä-mly‹ sei das

Glück und der Stolz jedes Mnus und übe auf alle ihre Mitglieder ›th dee-pst mor-l nfl-uence‹ aus.

Ich verstand nicht ganz, was es meinte, machte ihm aber, soweit ich dazu imstande war, begreiflich, daß auch andere Tiere in Familienverbänden lebten, und zwar ohne viel Lärm und Geschrei.

Darauf knurrte es mich aufgebracht an, daß man Mnus nicht mit anderen Tieren vergleichen dürfe, denen alles fehle, was Mnus erst eigentlich zu Mnus mache, und was nur Mnus besäßen, nämlich ›so-ul‹, ›spi-rt‹ und vor allem ›lllo-ve‹.

Als ich wissen wollte, ob man damit auch die Begattung bezeichne, füllte sich die Mißbildung meines Lehrers mit Blut, und er gab mir rasch auf, bis zum nächsten Male die Laute ›be-tray‹, ›be-lie‹ und ›be-steal‹ auswendig zu lernen, da sie häufig verwendet würden.«

»Auch unter den übrigen Tieren scheint sich herumgesprochen zu haben, daß ich noch im Besitz einiger Goldstücke bin. Anders kann ich mir nicht erklären, warum ein älteres Männchen mich gestern in seine Höhle zerrte, wo es mit seinem Weibchen und einem anderen weiblichen Tier lebt, das kein Männchen zu haben scheint. Die Weibchen hockten bereits hinter einem Haufen von Futter, das ich mit ihnen teilen sollte, vornehmlich zerstückelten Tierleichen und einem Brei aus Knollen und Wurzeln. Sie hatten sich in besonders prächtige Felle gesteckt, die ihre Hinterläufe und ihre Milchdrüsen sehen ließen, und sich die Schleimhäute ihrer Freßschlitze in sonderbarer Weise rot angemalt. Ich mußte mich neben sie hocken und nahm wahr, daß sie sich mit einem Duftstoff eingerieben hatten, wahrscheinlich, um ihre gewöhnlichen Ausdünstungen nicht merken zu lassen.

Das Männchen drängte mir etwas von der gelblichen Brühe auf, durch die sie sich in einen rauschähnlichen Zustand versetzen, worauf mir sogleich schlecht wurde.

Ich kenne mich jetzt so weit in ihrem Winseln und Röcheln aus, daß ich ungefähr raten kann, was sie meinen. Das Männchen gab klagende Laute über die Faulheit der übrigen Mnus von sich, die nicht genügend Futter heranschafften, während das Weibchen jammerte, daß die Männchen keine Lust bezeigten, eine ›fäm-ly‹ zu begründen. Das Männchen gab zurück, die Weibchen kümmerten sich um nichts anderes mehr als ihre Felle und den Rest der natürlichen Behaarung, der sich auf ihrer Mißbildung erhalten hat, und bald knurrten und bellten sich beide wütend an.

Dazwischen merkte ich zu meiner Verwunderung, daß das weibliche Jungtier heimlich mit den klumpigen Enden ihrer Hinterläufe nach meinen Füßen angelte und dabei die Glotzkugeln verdrehte.

Aus meinen Beobachtungen war mir bekannt, daß zwischen zusammenlebenden Männchen und Weibchen unausgesetzt Streit herrscht, auch wenn sie sich in der Brunstzeit an Miauen und Winseln nicht genug tun konnten. Sie gehen oft aufeinander los und sollen sich auch schon umgebracht haben. Die Männchen werden nach der Paarung noch reizbarer als sonst und zuweilen gefährlich. Die Weibchen dagegen werden noch frecher und fauler, als sie schon sind. Von der Fortpflanzung machen sie zwar ein Aufheben, als sei jedes zur Welt gekommene Junge ein noch nie dagewesenes Wunder. Aber bald lassen sie an der Brut nur noch ihre schlechte Laune aus, kümmern sich nicht um sie oder mißhandeln sie.

Da die beiden nicht aufhörten, sich anzufauchen, benutzte ich einen schicklichen Vorwand, um mich zu entfernen. Das weibliche Jungtier folgte mir mit dem Bemerken, mir den Ausgang aus der Höhle zu zeigen. Draußen machte es sich sofort an mich heran, gab miauende Töne von sich und stieß mir fast seine Euter ins Gesicht. Unter den Lauten glaubte ich auch wieder jenes ›lllov‹ herauszuhören, über dessen Bedeutung ich mir noch immer nicht klar bin.

Ich machte mich dann auch rasch aus dem Staube. Sie war übrigens das einzige Mnu, das geahnt haben muß, daß ich nicht auf ihrem Planeten zu Hause war, denn sie blökte mir nach, ich sei wohl von hinter dem Monde her. Der Planet besitzt nämlich auch einen Mond, von dem die Mnus glauben, daß er zu ihrer nächtlichen Beleuchtung am Himmel hänge. Später stellte ich fest, daß mir zwei Goldstücke fehlten, doch es war zu spät, etwas zu unternehmen.«

»Gestern nacht wehte ein heftiger Wind, aber keineswegs so heftig, wie ich es von Dublin her gewohnt bin. In der Siedlung sind mehrere Bauten umgestürzt und haben die Bewohner unter den Trümmern begraben. Die Tiere besitzen so wenig Instinkt, daß sie nicht einmal das Herannahen eines Unwetters bemerken.

Heute morgen versammelten sich viele Mnus vor den eingestürzten Bauten, um sich an deren Anblick zu weiden und womöglich einige Kadaver zu Gesicht zu bekommen. Sie sehen anscheinend nichts lieber, als wenn andern Mnus ein Unglück zustößt, und am liebsten, wenn diese dabei ums Leben kommen. Werden sie aber im Boden verscharrt, wie das bei ihnen die übliche Art ist, brechen sie jedesmal in lautes Jammergeschrei aus.

Als ich das Schtschu fragte, warum sich die Tiere nicht rechtzeitig in Sicherheit gebracht hätten, murmelte es so etwas wie, sie seien eben auch nur Mnus, womit es alles erklärt zu haben glaubte.«

»Ich habe zum ersten Mal Mnus ohne ihre künstlichen Felle gesehen und hoffe, daß es auch das letzte Mal gewesen ist. Was immer die Bedeutung ihrer Felle sein mag, sie haben mir jedenfalls bisher erspart, die Tiere in ihrer sozusagen natürlichen Gestalt zu sehen.

In der Höhle, in der ich mein Futter bekomme, hockte eine größere Sippschaft von Mnus zusammen, die außergewöhnliche Mengen trank und in sich hineinfraß. Die Männchen steckten in schwarzen Fellen und waren sichtlich bemüht, ihr

Gleichgewicht zu bewahren und nicht vornüber zu fallen, während die Weibchen ihre Euter halb aus den Fellen heraushängen ließen, durcheinander schwatzten und kreischten und sich in einer unnatürlichen Erregung befanden.

Ich erfuhr, daß es sich um eine Zeremonie handelte, die der Paarung zweier geschlechtsreif gewordener Jungtiere vorausgeht.

Die beiden hockten in der Mitte, waren prächtig herausgeputzt und benahmen sich so unnatürlich wie möglich. Besonders das Weibchen, das in ein flatterndes Gefieder gehüllt war und auf der Mißbildung ein weißes Büschel trug, drehte und wand sich nach allen Seiten und entblößte die Kauwerkzeuge, angeblich ein Zeichen von Frohsinn. Ich dagegen halte es für ein bloßes Zeichen von Freßgier.

Als sie alles kahlgefressen hatten, begannen sie in einer Nebenhöhle zu hüpfen und umherzuspringen, wozu ein Lärm von Rasseln und Schellen erscholl, ohne den es bei ihnen nie abgeht. Ich erwartete, daß nun die Paarung folgen würde, sah mich aber darin getäuscht, denn die beiden Jungtiere verschwanden geräuschlos durch ein Seitenloch.

Auf dem Wege zu meiner Kammer, die zu den höchstgelegenen zählt, vernahm ich aus einer Höhle ein sonderbares Ächzen und Stöhnen, als sei eins der Tiere krank geworden. Ich spähte jedoch erst durch einen Spalt im Eingang, ehe ich Hilfe holte.

Soweit das Halbdunkel es zuließ, erblickte ich

zwei mir gänzlich unbekannte schweinsgroße Wesen, die sich auf dem Lager umeinander wälzten und auf eigentümliche Weise beschäftigt waren. Es dauerte einige Zeit, bis ich die beiden Jungtiere aus der Höhle wiedererkannte. Sie hatten sich ihres Hochzeitsschmuckes und aller anderen Umhüllungen entledigt und zeigten sich – fast hätte ich gesagt – wie Gott sie geschaffen hat.

Bis auf ein Büschel zottiger Haare in der Mitte waren sie am ganzen Leibe kahl und von krankhafter Blässe. Besonders häßlich waren die verwachsenen Klumpen an ihren Hinterenden und die unförmigen weißen Milchdrüsen des Weibchens, sowie ein eigentümlicher wurstähnlicher Auswuchs von blau-roter Färbung, der dem Männchen weit vom Leibe abstand und den es nach einigen vergeblichen Versuchen dem schrill aufschreienden Weibchen zwischen die Hinterläufe stieß. Darauf führte es mehrmals hintereinander stoßende Bewegungen aus, bei denen ihm die Glotzkugeln aus den Höhlen quollen, während ein faltiger Hautsack, der ihm vom After herabhing, hin und her schaukelte.

Beide gebärdeten sich wie von Sinnen, schrien, stöhnten und keuchten, so daß man hätte meinen können, einem Mord beizuwohnen. Anschließend hockte sich das Weibchen in einer Ecke der Höhle hin und ließ ihr Wasser aus einem verdächtigen, mit borstigen Haaren bestandenen Schlitz, woraus ich schloß, daß sie sich bei der Paarung wie bei ihrer Entleerung der gleichen Organe bedienen müssen. Dann suchte ich rasch meine Kammer auf, da ich Geräusche auf dem Gange vernommen hatte.

Ich bin mir auch jetzt noch im Zweifel, ob es sich wirklich um eine Begattung gehandelt hat, kenne ich doch kein Tier, das sich dabei so seltsam aufgeregt benimmt. Jedenfalls werde ich den Anblick nur mit Mühe vergessen, und vielleicht wird es mir überhaupt nicht gelingen, ein Mnu je wieder anders vor mir zu sehen.«

»Ich erzählte heute dem Schtschu davon und fragte, ob das, was ich gesehen hätte, mit dem Laute bezeichnet würde, der die Mnus über alle anderen Lebewesen erhebe und sie erst eigentlich zu Mnus mache.

Das Schtschi wollte alles haargenau wissen und fragte nach jeder Einzelheit. Dabei wurde es immer unruhiger, schmatzte und schluckte und stieß schließlich ein widerwärtiges Gemecker heraus. Danach kam es wieder zu sich und verbot mir bellend, irgend jemandem zu erzählen, was ich gesehen haben wollte, und vor allem keinem weiblichen Tier.

Sollte es sich um einen Akt der Fortpflanzung gehandelt haben, so verstehe ich nicht, was daran anstößig sein soll, hat mir das Schtschu doch immer wieder versichert, daß nichts heiliger und verdienstlicher sei, als eine so edle Rasse wie die der Mnus zu erhalten. Ich vermute jedoch, daß sie daraus einen ebenso widernatürlichen Vorgang gemacht haben wie aus ihrem Fressen und Trinken. Aber was geht mich schließlich an, auf welche Weise sie ihre Brut in die Welt setzen!

Manchmal frage ich mich, warum ich mir überhaupt Gedanken über diese widerwärtigen Tiere mache! Mögen sie in ihrem Unrat ersticken. Dann wieder tun sie mir leid, dumm und ahnungslos, wie sie sind. Den traurigsten Eindruck aber machen sie, wenn sie anfangen, lustig zu werden. Ja, es könnte einen das Mitleid mit ihnen überkommen, wären sie nicht von ihrer Vollkommenheit so überzeugt, wie sie einander ohne Aufhören versichern.

Sie glauben allen Ernstes, einen freien Willen zu haben und die einzigen Wesen zu sein, die selbständig zu denken vermögen. In Wirklichkeit sind sie nie völlig im Besitz ihrer Sinne und werden von Begierden und Trieben gegängelt, deren Ursprung sie nicht einmal ahnen. Was sie für Denken halten, ist eine mechanische Tätigkeit in ihrer Mißbildung, die, nicht anders als ihre Handlungen, durch Reizungen von außen erzeugt und in Gang gehalten wird. Soviel bringt auch ein Borkenkäfer zustande, den man mit einem Strohhalm kitzelt.

Man braucht einem Mnu nur eine saure Frucht vorzuhalten oder den Laut dafür auszustoßen, und schon zieht sich ihm der Freßschlitz zusammen – so wie es Urin lassen muß, sobald es nur das Geplätscher von Wasser hört.

Ihr ganzes Unglück rührt daher, daß sie ein wenn auch unklares Bewußtsein von sich erlangt haben, welches sie wie ein böses Gewissen verfolgt. Kein Wunder, daß sie jede Gelegenheit ergreifen, sich dessen zu entledigen, und es am liebsten gänzlich verlieren. Wirklich wohl ist ihnen erst, wenn sie sich ohne Hemmung ihrer alten tierischen Natur hingeben können und den Vergnügungen, welche ihnen die verschiedenen Öffnungen ihres armseligen Balges bieten.«

FÜNFTES KAPITEL

Sei es, daß Swift nicht dazu kam, seine Aufzeichnungen fortzusetzen, sei es, daß einige Blätter verloren gegangen sind, jedenfalls ist den Umständen zu entnehmen, daß der Bericht erst zu einem späteren Zeitpunkt seinen Fortgang genommen hat, den wir hier folgen lassen.

»Seit Tagen regnet es ohne Aufhören, und der Tiere hat sich eine Erregung bemächtigt, welche diesmal begründet ist. Die unteren Teile der Siedlung stehen bis zu einer Höhe von zwanzig Fuß unter Wasser, und einige Bauten neigen sich bereits bedenklich zur Seite.

In ihrer Sucht, alles zu verändern und nichts an seinem natürlichen Platz zu lassen, haben die Mnus einen Wasserlauf, der früher durch das Tal floß, in einen an den umliegenden Hängen befindlichen Kanal abgeleitet. Es ließ sich voraussehen, daß der Kanal, der so unzulänglich gebaut ist wie alles bei ihnen, nicht lange halten und sich, etwa nach einem Regen wie diesem, über die Siedlung ergießen würde.

Alle schreien, knurren und bellen sich an, erheben ein Jammergeheul oder beschuldigen einander, aber kein Tier unternimmt etwas gegen das Unheil, das immer näher rückt.

Dagegen sind viele emsig am Werk, in die verlassenen Behausungen zu schleichen, um dort alles zusammenzuraffen und in die eigene Höhle zu schleppen. So faul sie sonst sind, werden sie ungemein geschäftig, sobald sie sich etwas aneignen können, das anderen gehört, und sei es der elendeste Plunder.

Andere wieder tun, als ginge die Gefahr sie nichts an, und fahren fort, die Zeit mit Nichtigkeiten zu vertrödeln und sich um die lächerlichsten Dinge zu streiten. Kein Mnu kann sich nämlich vorstellen, daß es auch mit ihm einmal zu Ende sein könnte.

Zu den vielen Einbildungen, unter denen sie leiden, gehört auch, daß sich – das Schtschi war nicht sicher, ob im Brustkorb oder in der Mißbildung – ein von ihrem Leibe nicht abhängender, unsichtbarer Geist verborgen halte, der eigentlich sie selber und dazu noch unsterblich sei. Danach brauchten sie sich um ihre Zukunft keine Sorgen zu machen. Sie scheinen aber kein rechtes Vertrauen zu ihrem Geist zu haben, den ein leichter Stockschlag auf ihre Mißbildung schon zum Verschwinden bringt; und so haben sie allesamt unbeschreibliche Angst vor dem Tode und klammern sich an ihr Dasein, obwohl sie andererseits alles tun, um es noch kürzer zu machen, als es ohnehin ist.«

»Das Unheil ist schneller hereingebrochen, als ich glaubte. Gestern nacht hat die Flut den Kanal an mehreren Stellen durchbrochen und sich über die Siedlung ergossen. Alles ging so rasch, daß nur wenige Mnus sich retten konnten, die meisten müssen im Schlaf ertrunken sein.

Als ich heute früh meinen Kopf hinaussteckte, war von der Siedlung so gut wie nichts mehr zu sehen. Auf den vier oder fünf Bauten, die mit ihren Spitzen noch aus dem Wasser ragen, hokken Mnus und lassen klägliche Hilferufe erschallen. Ihr Schicksal ist wohlverdient, und so empfinde ich kein Mitleid mit ihnen.

Mein Bau, der höher liegt und etwas fester zusammengefügt ist als die anderen, steht noch, aber es ist nur eine Frage der Zeit, wann auch er zusammenbrechen wird. Es regnet in dichten Strömen, und die Flut steigt unaufhaltsam.

In den zwei Gängen, in die das Wasser noch nicht eingedrungen ist, herrscht ein unbeschreiblicher Tumult. Die Mnus, die sich hierher geflüchtet haben, bellen und keifen sich an oder hocken stumpfsinnig in den Ecken und bewegen ihre Freßschlitze, als sprächen sie zu einem unsichtbaren Wesen.

In welchem Teile des Weltalls mag Gulliver sich um diese Stunde befinden, während ich, mein sicheres Ende vor Augen, inmitten einer

Horde halbwilder Tiere sitze, die vor Todesangst wahnsinnig sind?«

»Das Wasser hat den Gang erreicht, an dem meine Kammer liegt. Auch die letzten Bauten sind verschwunden, und wo früher die Siedlung lag, wälzt sich ein lehmgelber Strom, auf dem neben allerlei Unrat die Kadaver von Mnus zu Tausenden treiben. Einmal glaubte ich darunter das Schtschu zu erkennen, das sich mit geblähtem Bauch und aufgerissenen Glotzkugeln in der Strömung drehte und sich ungeheuer zu wundern schien.

Ich lebe von Krumen, die ich mir aufgehoben habe, und vermeide im übrigen jeden Umgang mit den Tieren, nachdem ich Szenen habe ansehen müssen, die ich nicht für möglich gehalten hätte, nicht einmal unter Mnus. Die Männchen reißen ihren Weibchen und den Jungen die letzten Bissen fort, verschlingen tote Tiere, die sie aus dem Strom fischen, und ich habe allen Anlaß zu vermuten, daß sie sich aneinander vergreifen.

Kein Tier gibt sich mehr die geringste Mühe, sein wahres Wesen zu verbergen. Die Todesangst hat alles in ihnen beseitigt, was sie so krampfhaft aufrechtzuerhalten bemüht waren, und alles zum Vorschein gebracht, was sie nicht weniger krampfhaft zu verheimlichen suchten. In den Höhlen und Gängen paaren sich Männchen und Weibchen in aller Offenheit und ohne jede Scham. Da sie unter diesen Umständen nicht erwarten können, Nachkommen in die Welt zu setzen, muß der Vorgang demnach bei ihnen eine andere Bedeutung haben als bei anderen Tieren und so wenig wie ihr unmäßiges Fressen und Trinken seinem natürlichen Zweck dienen.

Trotz aller Vorsicht hat sich ein altes Mnu bei mir eingeschlichen. Mit seinen triefenden, rot unterlaufenen Glotzkugeln und seinem hängenden Freßschlitz bietet es einen widerwärtigen Anblick. Es zittert am ganzen Leibe, aus Furcht, sterben zu müssen, obwohl es ohnehin nicht mehr lange gelebt hätte, und verpestet die Kammer mit seinem Kot und Urin.

Gestern nacht, als ich schlaflos lag, hörte ich aus seiner Ecke ein Geräusch, als jucke es sich. Ich richtete mich auf und sah, daß sich das Tier an seinem Unterleib zu schaffen machte, wobei es ein befriedigtes Stöhnen hören ließ. Anscheinend versuchte es, von dem allgemeinen Treiben angesteckt, seinem welken Fleisch noch ein Quentchen Lust abzuquetschen.«

»Das Ende kann nicht mehr fern sein. Das Wasser hat die Öffnung meiner Kammer erreicht und beginnt in Rinnsalen einzudringen. In den Gängen ist es still geworden, man hört nur noch das Rauschen und Plätschern der Fluten.

Ich werde zu sterben wissen, wie es sich gehört. Meine letzten Gedanken werden meinen Lieben in Irland und mein letzter Fluch jenem Burschen gelten, der mich auf diesen Planeten gelockt hat. Mein Trost ist, daß man den Verlust des Lebens nicht mehr zu bemerken imstande ist, woraus man ersehen kann, wie wenig wert es gewesen sein muß. Mein letzter Kummer aber wird sein, daß diese verwünschten Halunken in England mich überleben.« –

– wobei unklar bleibt, ob damit eine bestimmte Gruppe oder die gesamte Bevölkerung gemeint ist. Jedenfalls enden hier die Aufzeichnungen, von wem sie auch stammen mögen, und wir sind wiederum auf die schon genannten Quellen angewiesen. Wir geben uns dennoch der Hoffnung hin, den weiteren Verlauf der Ereignisse fast lückenlos wiederherstellen zu können, und setzen somit unsere Erzählung fort.

Der kurze Tag, der sein letzter zu werden versprach, neigte sich dem Ende zu, als Swift auf dem Gange vor seiner Kammer eine ungewöhnliche Bewegung wahrnahm. Er fürchtete schon, die Beute beginnender Wahnvorstellungen zu sein, denn neben dem aufgeregten Winseln und Jaulen der noch lebenden Tiere glaubte er etwas zu hören, das einer menschlichen Stimme glich. Gleich darauf wurde der Eingang seiner Kammer aufgestoßen, und auf der Schwelle erschien, über und über mit Lehm bedeckt, eine Gestalt, die ihm so bekannt war, daß jeder Zweifel ausgeschlossen war.

»Gulliver! Dem Himmel sei Dank!«

»Mir scheint, ich bin im letzten Augenblick gekommen. Ehrlich gesagt, ich hätte nicht einmal meine Pfeife darauf gesetzt, Sie noch am Leben zu finden!«

»Zum Teufel, wo haben Sie eigentlich die ganze Zeit gesteckt?«

»Das mag für später bleiben«, erwiderte Gulliver. »Ich habe die ›Stella‹ hier draußen festgemacht, doch wir müssen uns beeilen, sonst kommen uns diese niederträchtigen Bestien zuvor.« Damit packte er Swift am Arm und zog ihn fort, kaum daß er ihm Zeit ließ, seine paar Habseligkeiten, darunter sein Schreibgerät und die Aufzeichnungen, an sich zu nehmen.

Vor der Höhle erwarteten sie etwa zehn oder zwölf Mnus, die wittern mochten, daß sich hier die Möglichkeit einer Rettung bot. Sie hefteten sich sogleich an ihre Fersen, so daß Gulliver sie mehrmals zurückstoßen mußte.

Vor einer Öffnung des Baus schwankte die ›Stella‹ auf und nieder, ein Anblick, der Swift mit grenzenloser Erleichterung erfüllte.

Schon wollte er Gulliver folgen, der als erster in die Gondel gesprungen war, als er laut aufschrie. Eins der Tiere hatte bei dem Versuch, ihn zurückzuzerren, in seine Wade gebissen, und es hätte nicht viel gefehlt, er wäre ins Wasser gestürzt.

Zum Glück konnte Gulliver das Tier durch einen kräftigen Schlag mit dem Bootshaken vertreiben und Swift ins Innere ziehen. Dann machte er die Leine los, und die ›Stella‹ trieb mit der Strömung davon.

Sie waren schon ein gutes Stück von dem Bau abgekommen, ehe Swift, der sein Bein untersuchte, zurücksah.

In der Öffnung, durch die sie entkommen waren, hatte sich ein Knäuel von Tieren gebildet, die erbittert miteinander kämpften, ohne zu merken, daß das, worum sie kämpften, nämlich die Möglichkeit, sich zu retten, schon längst nicht mehr bestand. Sie hielten sich auch dann noch an der Gurgel, bissen sich oder schlugen aufeinander ein, als der Bau sich neigte und in den Fluten versank.

Fast im gleichen Augenblick erhob sich die ›Stella‹ in die Lüfte und gewann rasch an Höhe.

Swift stand am mittleren Fenster der großen Kajüte und hielt sich das schmerzende Bein. Dabei blickte er mit einem Gefühl, in dem sich Abscheu und Dankbarkeit für seine Errettung mischten, auf den sich entfernenden Planeten hinab, der ihn so lange festgehalten hatte. Zugleich kam ihn etwas wie Mitleid mit seinen Bewohnern an, die im Gegensatz zu ihm für immer verurteilt waren, ihr Dasein in einer Welt zu fristen, die sie nicht geschaffen hatten – auch wenn sie alles taten, um sie noch düsterer zu machen, als sie ohnehin war.

So stand er lange in Gedanken, bis der Planet seinen Blicken entschwunden war.

SECHSTES KAPITEL

Während die ›Stella‹, einem neuen magnetischen Strom folgend, auf das Schattengebilde aus kosmischem Staube zutrieb, das später den Namen ›Pferdekopf‹ erhalten sollte, bildeten die Mnus noch mehrmals den Gegenstand einer lebhaften Unterhaltung.

Wie nicht anders zu erwarten, hatte sich seinerzeit ein Mnu in das Fahrzeug eingeschlichen. Gulliver habe es nur deshalb nicht sogleich aus dem Fenster geworfen, weil er hoffte, es könne ihm bei seiner Suche nach Swift von Nutzen sein. Es habe aber nicht einmal gewußt, daß es auf einem Planeten lebte, den Osten mit dem Westen und rechts und links miteinander verwechselt. Dafür habe es seinen Unrat in die Schubladen entleert, auf das Essen gespuckt und Läuse ins Teleskop geschoben, damit er sie für Gestirne halten und vom Kurs abkommen sollte.

Swift, der sich mit zunehmender Entfernung den Mnus gegenüber immer duldsamer zeigte, wollte darin den Beweis einer gewissen Intelligenz entdecken.

»Wenn Sie darunter den Ausbund an Entartung und Niedertracht verstehen, mögen Sie recht haben«, erwiderte Gulliver. Kaum habe das Mnu ihm einige Handgriffe abgeguckt, als es ihn auch schon hinterrücks anfiel, um sich der ›Stella‹ zu bemächtigen. Ein paar kräftige Ohrfeigen hätten es dann an seinen Platz verwiesen, wie er sich überhaupt am besten mit ihnen durch Ohrfeigen verständigt hätte. Wenn er es mitgenommen, ihm ein Paar Brocken Englisch und noch einige Sprünge beigebracht hätte, würde er in England bestimmt seine fünfzig Pfund dafür erzielt haben. Ein Käfig sei für sie der einzig passende Platz.

Sie hätten gewiß ihre Eigenarten, gab Swift zu, aber im Grunde seien sie doch harmlos.

»Sie haben vermutlich bei einem rückständigen Stamm gelebt, wahrscheinlich auf einer Insel. Ich dagegen bin auf den großen Festlandschollen herumgekommen, wo es von ihnen wimmelt wie ein alter Bettsack voller Wanzen, und kann Ihnen versichern, daß mir vor Grausen manchmal die Haare zu Berge standen. Sie sind die einzigen Lebewesen, die ihre eigenen Artgenossen umbringen. Daß sie sich mit Vorliebe ihren entarteten Kürbis vom Rumpf hacken, mag angehen, zeigt es doch, daß sie ahnen, woher ihr ganzes Unglück stammt. Aber was soll man dazu sagen, daß sie von Zeit zu Zeit, wie von einem Wahnsinn befallen, alles zerschlagen und zerstören, was sie aufgebaut haben, und sich gegenseitig zu Tausenden abschlachten! Danach hocken sie ratlos herum, bohren sich in den Atemlöchern und können sich gar nicht erklären, wie es dazu gekommen ist! Nein, von allen Katastrophen ihres Planeten, der daran wahrlich nicht arm ist, sind sie die größte.«

Swift erinnerte sich allerdings einiger Vorkommnisse, die für Gullivers Behauptungen sprachen. So hatte er mehrmals kleine Mnus dabei beobachtet, wie sie winzigen Tieren Flügel und Beine ausrissen, was das Schtschu als ihren Wissensdurst bezeichnete, der zu den schönsten Hoffnungen berechtige. Sonst aber hielt er das Gesagte für eine der üblichen Übertreibungen seines Gefährten.

Um das Thema zu wechseln, erzählte er seinerseits, was er in der Höhle der beiden Jungtiere beobachtet hatte, und dessen Bedeutung ihm noch nicht klar sei.

Es war das erste und einzige Mal, daß Gulliver im Verlauf der Reise lachte, und zwar so schallend, daß die Hängelampe ins Schaukeln geriet.

»Sie wollen nicht wissen, was diese Luder Tag und Nacht treiben, in jedem Winkel und hinter jedem Gebüsch, kaum daß man ihnen den Rükken kehrt? Sie f....., was denn!« Dabei bediente er sich eines Wortes, das damals nur in Matrosenschenken und anderen verrufenen Orten im Schwange war, weshalb er es Swift erst durch eine Handbewegung verdeutlichen mußte.

»Aber zu welchem Zweck?« wollte dieser wissen.

Weil sie so geil seien, daß es einer Affenhorde die Schamröte ins Gesicht treiben würde, erwiderte Gulliver fast aufgebracht. Sie setzten ihre schmutzigen Bälger zwar auf die gleiche Art in die Welt, aber nur nebenbei. Im Grunde hätten sie nichts anderes im Kopf als ihre Unzucht, die sie ohne Brunstzeit das ganze Jahr hindurch trieben. Alles andere sei daneben nur Firlefanz. Besonders die Weibchen seien ganz versessen darauf und rissen ihre Hinterläufe schneller auseinander, als er Luft holen könne. Wirklich munter würden sie nur bei zwei Dingen – dabei – Gulliver wiederholte die obszöne Handbewegung, sehr zu Swifts Mißvergnügen – und wenn sich die Möglichkeit biete, einander ins Jenseits zu befördern.

»Gehen Sie mir mit diesen Bastarden!« rief er abschließend. »Je schneller sie verschwinden, desto besser für sie und den Planeten, der das Unglück hat, von ihnen bewohnt zu werden. Aber glauben Sie mir, noch fünf Minuten vor ihrem Untergang werden sie sich an die Kehlen fahren!«

Nach und nach machten die düsteren Massen, welche die beiden so lange umgeben hatten und die Behauptung Gullivers bestätigten, nach der es im Weltall keinen unausgefüllten Raum gebe, einer rasch zunehmenden Helligkeit Platz, die von einer riesigen Sonne ausging.

Sie übertraf alles an Größe, was ihnen bisher begegnet war, und füllte binnen kurzem den halben Himmelsraum aus. Um den gleißenden Kern im Inneren hatte sich eine gewaltige Hülle bläulich glühender Gase gebildet, die sich in regelmäßiger Folge zusammenzog und ausdehnte, wobei sie jedes Mal an Umfang zunahm.

Wie Gulliver sagte, war es eine jener Riesensonnen, die er schon mehrmals beobachtet habe, wenn auch nicht aus so geringer Entfernung. Meistens pflegten sie auseinanderzuplatzen, sobald die in ihnen zusammengepreßten Gase einen gewissen Druck erreicht hätten.

Auf die Frage Swifts, ob das Phänomen, so eigenartig es sei, ihnen nicht gefährlich zu werden drohe, meinte Gulliver, solche und ähnliche Katastrophen ereigneten sich im Weltall täglich Millionen Male und seien ohne Bedeutung für den

Bestand des Ganzen, eine Auskunft, die Swift nicht ganz zu beruhigen vermochte. Zudem, setzte Gulliver fort, seien sie wohl einige Lichtjahre von der Sonne entfernt, wobei man allerdings in Betracht ziehen müsse, daß die Geschwindigkeit der ›Stella‹ nicht viel kleiner sei als die des Lichtes, und daß, was man so Jahre nenne im Universum, oft nur die Dauer von Tagen habe.

Zu dem Schauspiel, das Swift langsam zu ängstigen begann, kam, daß sich der ›Stella‹ eine wachsende Unruhe bemächtigte. Anfänglich war es nur ein leichtes Schwanken, aber immer häufiger rollte und schlingerte sie wie ein Schiff in schwerer See, so daß die beiden Mühe hatten, sich auf den Beinen zu halten.

»Ist es nicht eigentümlich«, bemerkte Swift, nachdem er die Sonne eingehend beobachtet hatte, »daß ein Körper, der nur aus chemischen Elementen und Verbindungen besteht, also anorganischer Art ist, Bewegungen ausführt wie ein lebendes Herz?«

»Ich weiß nicht, was Sie unter Leben verstehen. Aber wenn Sie damit Bewegung und Wärme meinen, so werden Sie beides diesem Gestirn nicht absprechen, besonders letzteres nicht, das sich schon unangenehm bemerkbar macht.«

»Aber Sie können einen Haufen fühlloser stumpfer Materie nicht einem lebenden Wesen gleichsetzen!«

Und warum nicht, entgegnete Gulliver vom Mitteltisch her, der wieder gänzlich von Berechnungen bedeckt war. Ob denn alle lebenden Wesen aus Fleisch und Blut bestehen und Sauerstoff atmen müßten? Warum sollten sie nicht einmal aus Wasserstoff oder Stickstoff bestehen, mit flüssigen Metallen angefüllt sein und Kohlenstoff atmen? Warum müsse denn alles so sein wie auf der Erde? In Wahrheit sei alle Materie lebend und besitze die Fähigkeit, etwas wahrzunehmen und darauf zu reagieren, ja vielleicht sogar zu denken und sich zu erinnern, wenn auch in unvorstellbarer Form für den Menschen. Auch Sterne wie dieser hätten sich organisch gebildet, sie seien sogar der Ursprung des Lebens. Der Kreislauf des Blutes in Organismen, denen Swift allein die Bezeichnung ›lebend‹ zubilligen wolle, sei nichts anderes als die Fortsetzung der kreisenden Bewegung, in der das ganze Weltall begriffen sei.

»Sie meinen, das Zucken dieser Sonne, die uns übrigens schon näher auf den Leib gerückt ist, als mir lieb ist, erinnere Sie an das Zucken eines menschlichen Herzens? Umgekehrt, Doktor! Das menschliche Herz ist es, das den Pulsschlag des Universums fortsetzt, das, wie ich anzunehmen Grund habe, sich in einem unaufhörlichen Wechsel zusammenzieht und wieder ausdehnt.«

In der Tat waren sie der Riesensonne immer näher gekommen. Für Swift nahm sie, von seinem Beobachtungsposten am Fenster, den größten Teil des Himmels ein und wuchs immer noch.

Dazu gebärdete sich die ›Stella‹ wie ein wild gewordenes Pferd, ohne daß Gulliver etwas dagegen tun konnte. In der Kajüte fiel alles durcheinander, und sie selbst mußten sich an den Wänden und Kojen anklammern, um nicht zu Boden geschleudert zu werden.

»Gibt es denn gar kein Mittel, um aus der Nähe des unheimlichen Gestirns fortzukommen?« fragte Swift, an einem Bein des großen Mitteltisches Halt suchend.

Gulliver zuckte die Achseln. Er murmelte zwar, daß er die volle Verantwortung übernehme, konnte aber nicht verhehlen, daß sie mit wachsender Schnelligkeit auf die flammende Gaskugel zutrieben, in deren Mitte der gleißende Kern in einer kaum noch zu ertragenden Helligkeit strahlte.

Als die Katastrophe erfolgte, waren beide vor Hitze und Schrecken kaum bei Sinnen. Swift, der am Fenster kniete, erinnerte sich, daß sich die äußere Hülle der Sonne mit einem Spinnengewebe von Rissen und Sprüngen überzog, aus denen lange Flammenbündel schossen, während der Kern sich in einer furchtbaren Konvulsion aufgebläht habe, bis er zersprungen sei. Dann habe er das Bewußtsein verloren.

Als er wieder zu sich kam, erblickte er als erstes eine weiße, leuchtende Wolke, die aus Tausenden von Sternen bestand und eilig nach allen Seiten auseinander strebte. Von der Riesensonne war nichts mehr zu sehen.

›Eigentlich könnte es mit der Erschaffung neuer Welten nun genug sein‹, dachte er mißmutig. Er spürte einen brennenden Schmerz am

Kopf, fühlte sich aber sonst wohl und sonderbar leicht.

Er glaubte auf dem Rücken zu liegen, und ohne den Schmerz, den er an der Stirn spürte, wäre er zweifellos eingeschlafen.

Plötzlich hörte er sich angerufen.

»Was treiben Sie eigentlich da draußen, Doktor?«

Die Stimme klang dünn und fremd, gehörte aber fraglos Gulliver.

Mühsam wandte Swift sich um und entdeckte in einiger Entfernung die ›Stella‹, die kieloben zu treiben schien. An einem Fenster meinte er Gulliver mit dem Kopf nach unten zu sehen.

»Sie befinden sich in einer Entfernung von dreißig Yard von der ›Stella‹, frei schwebend und horizontal auf dem Bauche liegend.«

Swift schüttelte den Kopf, er hätte geschworen, es sei umgekehrt.

Als hätte er seine Gedanken erraten, setzte Gulliver fort:

»Nun, verlieren wir uns nicht in Einzelheiten. Sie bewegen sich in einer fast kreisrunden Bahn um das Schiff, und zwar mit einer Geschwindigkeit von achtzehn Knoten in der Stunde, so daß Sie 8 Minuten 56 Sekunden für eine Umlaufperiode benötigen, mit einer Differenz von 3/8 Sekunden nach jeder elften Umdrehung. Ich wundere mich nur, daß Sie mir immer dieselbe Seite zuwenden, während ich hoffte, Sie würden sich um ihre Längsachse drehen. Der Teufel mag wissen, was der Grund ist, jedenfalls wirft er meine ganzen Berechnungen über den Haufen. Haben Sie mich verstanden?«

Swift nickte müde.

»Ich werde Ihnen jetzt ein Seil zuwerfen! Versuchen Sie, es sich um den Leib zu binden, damit ich Sie hereinziehen kann, auch wenn ich gern gesehen hätte, was weiter mit Ihnen geschieht. Aber schließlich habe ich die Verantwortung für Sie übernommen.«

Es wurde ein langwieriges und mühsames Unternehmen, von dem wir nur berichten wollen, daß es nach der siebenundzwanzigsten Umdrehung gelang, Swift mit Hilfe der Seilwinde an Bord zu ziehen, wo er gänzlich erschöpft auf eine Bank niedersank.

»Sie haben eine ansehnliche Beule am Kopf«, sagte Gulliver mit auffallend schwerer Zunge. »Wahrscheinlich sind Sie aus dem Fenster geschleudert worden, während ich mich an der Hängelampe festhalten konnte. Sie können von Glück sagen, im Gravitationsfeld der ›Stella‹ geblieben zu sein, sonst wären Sie jetzt auf dem Wege zum Sternbild des ›Herkules‹.«

Swift hielt sich die brennende Stirn. Warum, sagte er verdrießlich, könne es nicht mit der Erde, Sonne, Mond und seinethalben auch ein paar Sternen sein Bewenden haben! Dieses unaufhörliche Hervorbringen neuer Welten heiße denn doch des Guten zuviel tun!

Zweifellos könnte auch die Sahara mit der Hälfte ihres Sandes auskommen, gab Gulliver zu. Aber vielleicht bilde sich auf einem der Sterne, deren Entstehung sie soeben erlebt hätten, einmal Leben, ähnlich wie auf der Erde.

»Ich meine, das eine Mal hätte vollauf genügt!« erwiderte Swift.

Auch ihm fiel das Sprechen schwer, und die Gegenstände, mit denen sie sonst mühelos hantiert hatten, wogen so schwer, als seien sie aus Blei. Nur mit größter Anstrengung konnte Gulliver sein Teleskop von der gewölbten Decke der Kajüte aufheben, die zur Zeit den Fußboden bildete, und auch Swift gelang es nur mit Mühe, seine überall verstreuten Habseligkeiten wieder an den gewohnten Platz zu bringen.

Nach Gullivers Ansicht war eine Art Zentrifugalkraft an die Stelle des bisherigen magnetischen Stroms getreten und brachte die gleichen Erscheinungen hervor wie Schwere und Anziehung, beides Funktionen der Materie, die ohne Bewegung nicht denkbar sei. Er ließ sich noch länger über den Gegenstand aus, doch schenkte ihm Swift nicht die gebührende Aufmerksamkeit, da die Verhältnisse in der ›Stella‹ eine neue Wendung genommen hatten.

Statt der bleiernen Schwere war ein Zustand gänzlicher Schwerelosigkeit eingetreten. Schon die kleinste unbedachte Bewegung genügte, um sie jeden Halt verlieren und in der Kajüte umherschweben zu lassen. Die gerade von Swift mit Sorgfalt eingeräumten Strümpfe, Leibbinden und Nachtmützen verließen von selbst den Wandschrank und erfüllten die Kajüte wie ein gespenstischer Schwarm. Was sie zu ergreifen versuchten, entglitt ihnen und flog davon. Eine Flasche Sherry, die sie aus Anlaß der glücklichen Rückkehr Swifts leeren wollten, gab ihren Inhalt in Form unzähliger Tropfen von sich, welche wie winzige Planeten durcheinanderwirbelten.

Mit größter Behutsamkeit gelang es Gulliver, seine Tabakspfeife in Brand zu setzen, worauf er mit abwärts gerichtetem Kopf mächtige Rauchwolken zu Swift empor sandte, der von der Decke der Kajüte seine Beine ins Leere hängen ließ.

»Zum Teufel«, meinte er, »ich glaubte immer, auch im Universum sei ›oben‹, wo sich der Kopf befände, aber ich sehe, ich habe mich geirrt.«

Zum Glück hielt dieser Zustand nicht lange an. Die gewöhnliche Ordnung der Dinge stellte sich von selbst her, und der schwere Eichentisch, der so lange bedrohlich über ihren Häuptern gehangen hatte, stand wieder auf seinen vier Füßen. Sie hatten einen magnetischen Strom gefunden, auf welchem die ›Stella‹ ruhig und sicher neuen Bereichen des Weltalls zustrebte.

SIEBENTES KAPITEL

Etwa um die Zeit, in der Swift sonst in Dublin die Weihnachtspredigt zu halten pflegte, trat ein neues Gestirn in ihr Blickfeld.

Die ›Stella‹ war gerade dabei, eine Wolke besonders hell leuchtender Sterne zu verlassen, die wie Sonnenstäubchen umeinander wirbelten. Swift hatte das Fenster geöffnet und blickte in das flimmernde Gewühl, wobei er sich einmal mehr davon überzeugte, daß die Kälte von 248 Grad, die angeblich im Weltraum herrschen soll, ebenso in den Bereich der Phantasie gehört wie der Mangel an Sauerstoff oder die durch nichts unterbrochene Lautlosigkeit. Er atmete mit aller Bequemlichkeit und vernahm immer wieder ein fernes Rumoren und Donnern.

Sie passierten die letzten Ausläufer des Sternhaufens, als ihm einer, der in fast greifbarer Nähe vorüberzog, durch den eigentümlich spiegelnden Glanz seiner Oberfläche auffiel. Er rief Gulliver, und dieser war nicht abgeneigt, die Erscheinung näher zu untersuchen.

Doch noch ehe er die notwendigen Vorbereitungen treffen konnte, schlug sein Fahrzeug von selbst den Kurs auf das Gestirn ein, wobei es an Schnelligkeit zunahm.

In kürzester Zeit konnten sie auf der spiegelnden, wie mit Glas überzogenen Oberfläche dunkle Flecken erkennen, offenbar von niedrigem Pflanzenwuchs bedeckte Gebirge von kreisrunder Bildung, und noch immer nahm die ›Stella‹ an Geschwindigkeit zu.

Schon fragte sich Gulliver, wie sich ein Aufprall vermeiden ließe, und erwog sogar, die Taue zu kappen und sich allein der metallenen Kugel anzuvertrauen, als sich unmittelbar unter ihnen eine Kuppel öffnete und ein gähnender Schacht sichtbar wurde, in den sie blitzschnell hineingezogen wurden.

Einige Augenblicke umgab sie tiefes Dunkel,

dann setzte die ›Stella‹ in einer unterirdischen Halle auf.

Sie war so groß, daß die Kathedrale von St. Paul's bequem darin Platz gefunden hätte, und von riesigen Lampen erhellt, die ein stechendes grünliches Licht bis in die letzten Winkel verbreiteten. Nirgends war eine lebende Seele zu sehen. Dagegen waren, wohin sie blickten, gewaltige Maschinen von ihnen unbekannter Bedeutung in ruheloser Bewegung. Es waren unheimliche, aus eisernen Stangen und Rädern zusammengesetzte Gebilde, die donnernd und polternd umherfuhren, furchtbar gezahnte Rachen aufrissen und krachend zuschnappen ließen oder mit langen Greifarmen nach Dingen langten, die auf geheimnisvolle Weise dem Boden entstiegen, und sie andernorts niedersetzten, wo sie nicht weniger geheimnisvoll im Boden verschwanden.

Dazwischen schossen unter greulichem Fauchen und Knattern niedrige metallene Kästen auf vier Rädern hin und her, ohne daß die beiden begriffen, was sie in Gang hielt. Sie verbreiteten einen ekelerregenden Gestank und trugen nicht wenig dazu bei, die stickige Luft der Halle noch unerträglicher zu machen.

Nachdem sich ihre Augen an das stechende Licht gewöhnt hatten und Swift gerade bemerkte, nicht viel anders stelle er sich die Hölle oder wenigstens eine ihrer Vorstufen vor, entdeckten sie, daß sich zwischen den Maschinen Gestalten zu schaffen machten, die wie Schatten aussahen. Sie steckten in einer grauen Kleidung und bewegten sich auf eine sonderbar steife und schwerfällige Art. Abgesehen von dem Kopf, der etwas zu groß geraten schien, hätten sie fast den Eindruck von Menschen machen können.

Vorsichtig – schon um nicht von den Maschinen gepackt zu werden – näherten sie sich einer dieser Gestalten und riefen sie an, jedoch ohne Erfolg. Auch als sie sich ihr durch Winken bemerkbar zu machen versuchten, wandte sie nicht einmal den Kopf.

»Kein Wunder, wenn sie hier unten taub, blind oder beides geworden wären«, bemerkte Swift.

»Wozu haben sie uns dann hier heruntergezogen?« erwiderte Gulliver und sprang im gleichen Augenblick mit einem Fluch vor einem der blechernen Kästen zurück, der ihn um ein Haar zu Boden gerissen hätte.

Um es gleich zu sagen, kamen die beiden auch die nächste Zeit nicht aus dem Springen, Laufen und Hüpfen heraus, von der damit verbundenen Angst nicht zu sprechen, und namentlich Swift begriff schnell, daß es auf diesem Planeten vor allem galt, seine Haut zu retten. So sagte er auch jetzt:

»Machen wir, daß wir fortkommen! Hier ist ein Mensch seines Lebens nicht sicher!«

Doch das war leichter gesagt als getan. Den einzigen Ausweg aus der Halle bot ein enger, spärlich erhellter Schlund in einer der Wände. Sie hatten sich jedoch kaum hineingewagt, als sie ihren Entschluß auch schon bitter bereuten.

In dem Tunnel, so lang er war, sausten die vierrädrigen Kästen in unaufhörlicher Folge hin und her und erfüllten ihn mit ihrem ohrenbetäubenden Brüllen und Heulen. Wenn sie nicht wie gehetzt vor den mörderischen Fahrzeugen davonliefen, preßten sie sich halb betäubt von den giftigen Gasen an die Wand, immer gewärtig, ein grausames Ende zu nehmen. Mehr tot als lebendig erreichten sie dennoch den Ausgang, aber nur, um sich einem neuen furchterregenden Anblick gegenüberzusehen.

Auf dem Grunde einer unermeßlichen Höhlung im Inneren des Planeten lag eine von unzähligen Lichtern flimmernde Stadt. Ihre kahlen kastenförmigen Bauwerke glichen ragenden Türmen, die fast die Decke der Wölbung streiften, und in den abgrundtiefen Straßen, die wie Schächte aussahen, wimmelten Gestalten und Fahrzeuge zu ungezählten Tausenden. Dazu ging von der Stadt ein Rollen und Donnern aus wie von einem Erdbeben, und überall blitzten und sprühten feurige Räder und Funkengarben.

»Wollen Sie eigentlich mit Gewalt unser Ende herbeiführen?« sagte Swift, als Gulliver Miene machte, sich einer Treppe zu nähern, die zur Stadt hinabführte. Aber auch dieser schrak zurück, als sich die Stufen plötzlich wie von einer Geisterhand berührt in Bewegung setzten, und schlug einen Fußpfad ein, auf dem Swift ihm unter halblauten Flüchen langsam folgte.

Unten angekommen, sahen sie sich sogleich von einem Gewimmel umgeben, wie nicht einmal in London bei der Hinrichtung einer Bande von Straßenräubern. Trotz ihrer Steifbeinigkeit hasteten die Schattengestalten mit einer Eile vorwärts, als seien sie auf der Flucht. Dann wieder blieben sie wie auf ein Kommando stehen und rührten sich nicht vom Fleck, um ebenso unvermittelt weiterzulaufen. Sie waren übrigens nicht so körperlos, wie es den Anschein hatte, und mehr als einmal wurden die beiden von Stößen und Püffen hin- und hergeschleudert.

Besonders häufig machten die grauen Gestalten vor Bauwerken mit großen gläsernen Scheiben halt, hinter denen sich unter einer gleißenden Flut von Licht die seltsamsten Gegenstände und Geräte zu Bergen türmten. Sie starrten sie eine Weile mit ihren blicklosen Augen an, wandten sich mit einem Ruck ab und setzten ihre unaufhörliche Flucht fort. Andere drängten sich in Scharen hinein, und auch Swift und Gulliver hätten sich beinahe hineingewagt, wären sie nicht beim Eingang von einem wütenden heißen Wind empfangen worden, der sie fast davongeweht hätte.

So begnügten sie sich, einen Blick hinein zu tun, ohne zu verstehen, was dort vor sich ging. Die Schatten schoben sich in Massen im Kreise herum oder schwebten auf beweglichen Treppen aufwärts und abwärts. Manchmal griffen sie mit steifen Händen nach einem Gegenstand, ließen ihn aber gleich wieder achtlos fallen.

Wie immer, sobald er festen Boden unter den Füßen spürte, überkam Swift Hunger und Durst, und von dem untrüglichen Instinkt geleitet, der in solchen Fällen beim Menschen in Tätigkeit tritt, glaubte er in einem Haus ein Speiselokal zu erblicken.

Es roch im Inneren in der Tat nach ranzigem Fett und chemischen Laugen, aber die meisten Besucher, die den Raum bis auf den letzten Platz füllten, schienen nur auf etwas zu warten, und die wenigen, die scheinbar aßen und tranken, taten dies auf eine so mechanische Art, daß man zweifeln konnte, ob sie wirklich etwas zu sich genommen hatten, bevor sie aufsprangen und davonstürzten.

Wie überall blieben die beiden auch hier, allen Bemühungen zum Trotz, unbemerkt, und so begaben sie sich unverrichteterdinge weiter.

Draußen hatte das Getümmel einen so beängstigenden Umfang erreicht, daß sie ernstlich für ihr Leben zu fürchten begannen.

So retteten sie sich in einen dunklen Saal, in dem Hunderte grauer Gestalten in Reihen auf eine flimmernde Fläche starrten, auf der ihre eigenen Schatten, noch grauer und wesenloser als sie selbst, unverständliche Dinge trieben, in fahrende Kästen hinein- oder aus ihnen heraussprangen, auf Trichter einsprachen und sich auch wohl gegenseitig zu Boden schlugen, das einzige, was Swift und Gulliver verständlich war.

Mit einem Schlage wurde es hell, alle Schatten eilten hinaus, und an ihrer Stelle drängten sich neue Scharen herein.

Bis auf ein undeutliches, halb gequetschtes,

halb näselndes Geräusch, das eine Sprache bedeuten konnte, ging alles so lautlos vonstatten, daß Swift und Gulliver die Sache anfing unheimlich zu werden und sie sich ungeachtet aller Gefahren, die ihrer noch warten mochten, hinausschlichen.

Für den ersten Tag hatten sie genug von den Wundern der unterirdischen Welt, denen sie nur um Haaresbreite entronnen waren, und Swift, der sich wie gerädert fühlte, meinte, es sei Zeit, sich nach einem Nachtquartier umzusehen.

Es gab zwar große schmucklose Bauten mit Reihen erleuchteter Fenster, die der Unterbringung von Reisenden dienen mochten, aber auch dort erhielten sie keine Antwort auf ihre Fragen, und falls wirklich einer den Blick auf sie richtete, schien er durch sie hindurchzusehen.

Sie schlugen aufs Geratewohl eine Richtung ein, die von der Stadt fortführte, und kamen an einen verlassenen Ort inmitten von Geröll und Schutthalden, wo sie von der Stadt nur noch ein dumpfes Brausen und der ferne Widerschein ihrer Lichter erreichte.

»Begreifen Sie eigentlich, wohin wir geraten sind?« wandte sich Swift an seinen Gefährten und ließ sich auf einen Felsblock nieder. »Lassen wir die Armseligkeit ihrer Kleidung und die Kahlheit ihrer Behausungen beiseite. Sonst aber haben sie alles, was man sich nur wünschen kann, und Einrichtungen, von denen sich unsereins nichts träumen läßt. Dabei hasten sie herum, als sei ihnen der Satan auf den Fersen, und machen gefrorene Gesichter, antworten nicht, wenn man sie fragt, und scheinen an nichts Vergnügen zu finden. Irgend etwas stimmt mit ihnen nicht, ja, ich kann mir nicht helfen, sie sehen aus, als seien sie nachgemacht.«

Swift war damit der Wahrheit näher, als er ahnen konnte. Doch da sie später selbst auf den wahren Sachverhalt kamen, so wollen auch wir dem Gang der Ereignisse nicht vorgreifen.

Gulliver hatte sich inzwischen in der Gegend umgetan und kam erst nach einiger Zeit mit der Nachricht zurück, er habe eine Unterkunft für die Nacht gefunden.

Es war ein niedriger Bau aus grauem, zerbrökkelndem Stein mit einem gewölbten Dach und schmalen Schlitzen anstelle der Fenster. Er ragte halb aus dem Schutt und enthielt nur wenige Kammern, die leer und eng waren. Da sie nichts Besseres fanden, diente er ihnen für die ganze Dauer ihres Aufenthaltes als Behausung, und Gulliver verstand sogar, ihn mit einigen Bequemlichkeiten auszustatten.

In der Nähe hatte er einen Berg von Gerümpel und Abfall entdeckt, der hauptsächlich aus Blechkästen bestand, die mit vielen Knöpfen verziert waren und in ihrem Inneren ein Gewirr von Drähten, Spulen und Röhren enthielten.

Dazwischen befanden sich aber auch Gegenstände, die wie Betten, Tische und Stühle aussahen und die Gulliver in den Bau schleppte, auch wenn Swift erklärte, er habe nie etwas Abscheulicheres und Unbequemeres gesehen. Doch mit der Zeit gewöhnte er sich an sie und fand sein Bett sogar ganz behaglich.

Schlechter war es mit ihrer Ernährung bestellt. Nachdem Swift den Versuch, etwas von den Speisen zu essen, wie man sie in der Stadt fand, fast mit dem Leben bezahlt hätte, mußte er sich mit den Pilzen und Schnecken begnügen, die Gulliver an einer feuchten Stelle entdeckt hatte und auf einem selbstgefertigten Herd nicht ohne Geschick zuzubereiten wußte.

Am schwersten fiel ihnen, in dem Gemisch von Gasen, Säuren und Fetten zu atmen, aus dem die Luft im Inneren des Planeten bestand, und mehr als einmal erklärte Swift, er sei dem Erstickungstod nahe. Offenbar besaßen die Schatten anders geartete Lungen, denen selbst giftige Schwaden nichts anzuhaben vermochten.

Überhaupt schienen sie von Natur zäh und vor allem von einer unermüdlichen Arbeitskraft zu sein.

Rings um die Stadt zog sich ein breiter Gürtel von düsteren Bauwerken, aus denen ohne Unterbrechung das Stampfen und Dröhnen von Maschinen erscholl und der kalte Schein zuckender Blitze und Funken drang. Es waren die Werkstätten, in denen die sonderbaren Geräte und Dinge hergestellt wurden, welche die beiden Reisegefährten in der Stadt wie auf dem Schutthaufen bei ihrem Bau nun schon mehrmals gesehen hatten. Sie verstanden nicht, zu welchen Zwecken sie dienten, vor allem aber begriffen sie nicht, weshalb sie in Mengen erzeugt wurden, die jedes vernünftige Maß überstiegen.

In den riesigen Hallen, in denen sie zögernd Umschau hielten – übrigens ohne jemals bemerkt zu werden –, standen Tausende von Schatten an vorübergleitenden Bändern, immer den gleichen Handgriff ausführend, oder machten sich an Maschinen und Apparaten zu schaffen, bei deren bloßem Anblick Swift ein Schwindel ergriff. Sie schienen selbst wie Teile von Maschinen, die niemals zur Ruhe kamen, und während sie noch ihren geheimnisvollen Verrichtungen nachgingen, standen draußen schon neue Armeen von Schatten, um sich auf ein Zeichen hin in Marsch zu setzen und ihren Platz in den Hallen einzunehmen.

Einmal glaubte Gulliver zu erkennen, daß am Ende einer Reihe der gewaltigsten mechanischen Ungetüme etwas wie Kochlöffel oder Zahnbürsten zum Vorschein kamen, die imstande waren, sich von selbst in Bewegung zu setzen, was Swift zu dem Ausruf veranlaßte, die Schatten schienen ein Vergnügen daran zu haben, ihr Leben so kompliziert zu machen wie möglich, andernfalls es vielleicht einfacher wäre, ihre ohnehin ungenießbaren Suppen mit der Hand umzurühren.

Vollends unbegreiflich war ihnen, daß in einer anderen Halle unzählige der blechernen Kästen, auf deren Herstellung die Schatten die größte Mühe verwandten, zu dünnen Platten zusammengepreßt und zermahlen wurden. Der Anblick erfüllte Swift zwar mit Befriedigung, auch wenn er nicht verstand, weshalb die Schatten Dinge herstellten, wenn sie sie gleich darauf wieder fortwarfen oder vernichteten.

Auch Gulliver schien ganz gegen seine Gewohnheit ratlos, bis er eines Tages – wenn davon im Inneren eines Planeten die Rede sein kann – mit einer überraschenden Entdeckung zurückkehrte.

Swift, der an einer Erkältung litt und das Bett hüten mußte, empfing ihn verärgert – er habe erwarten können, Gulliver werde pünktlich zum Essen da sein und vor allem einmal etwas Genießbares auf den Tisch bringen.

»Bei dem, was ich Ihnen zu berichten habe, dürfte Ihnen Hunger und Durst vergehen. Wissen Sie, was die Gestalten sind, unter denen wir uns befinden?«

Swift zuckte die Achseln.

»Ich nehme an, sterbliche Wesen aus Fleisch und Bein, nicht anders als wir.«

»Falsch!« rief Gulliver. »Es sind mechanische Puppen! Sie haben zwar einige Eigenschaften, die sie uns ähnlich machen, aber im wesentlichen bestehen sie aus Blech. Es sind leblose Puppen von großer Vollkommenheit, denen eigentlich nichts fehlt außer Gefühl und der Fähigkeit, selbst zu denken.«

»Das finden Sie auch bei Wesen, die nicht aus Blech bestehen«, erwiderte Swift, der die Tragweite der Entdeckung offenbar nicht ganz erfaßte. »Wie wäre es, wenn wir uns zu Tisch begeben würden?«

Immerhin hörte er sich an, was Gulliver zu berichten hatte. In einer der Hallen, die er am Morgen besucht habe, seien ihm graue metallene Teile in Form von Armen und Beinen, und gleich darauf in einer anderen Halle solche in Form von Köpfen und Rümpfen aufgefallen. Schließlich habe er gesehen, daß eine Maschine Glaskugeln zu Tausenden ausgeworfen habe, die sich bei näherem Zusehen als künstliche Augen erwiesen hätten.

Das alles sei kein Beweis für seine ganz und gar unglaubwürdige Behauptung, warf Swift ein.

Aus diesem Grunde, setzte Gulliver fort, habe er sich weiter umgesehen und schließlich in einer dritten Halle die gewünschte Bestätigung gefunden. Auf langen beweglichen Bändern seien Hunderte von Gestalten mit erhobenen Armen vorübergezogen. Jedesmal, wenn die Bänder anhielten, hätten sie gewackelt, wie nur leblose Figuren es täten. Sie seien zwar schon lackiert und angezogen gewesen, aber noch habe ihnen sichtlich eine eigene Bewegung gefehlt. Am Ende der Bänder seien sie von einem eisernen Arm gepackt und in einen Keller befördert worden, anscheinend um dort verpackt und an ihren Bestimmungsort verschickt zu werden.

»Könnte es sich nicht um eine Nachahmung handeln, welche die Schatten aus allerdings unbegreiflichen Gründen von sich selbst herstellen?«

Das sei auch sein erster Gedanke gewesen, entgegnete Gulliver. Deshalb sei er an einen herangetreten, der den letzten Handgriff an einem seiner Ebenbilder auf dem Rollband vornahm. Mit aller gebotenen Vorsicht habe er ihm mit dem gekrümmten Zeigefinger an den Kopf geklopft, und es habe, so wahr ihm Gott helfe, so hohl geklungen, wie es nur aus einem Blechkopf klingen könne.

Eine Weile sahen sich beide bedeutungsvoll an, dann sagte Swift:

»Auch wenn Ihr Bericht an Unglaubwürdigkeit alles in den Schatten stellt, was Sie auf Ihren früheren Reisen erlebt haben wollen, er könnte wahr sein. Sie wissen, daß ich nie das Gefühl losgeworden bin, diese Schattengestalten seien nachgemacht. Aber Ihre Entdeckung erklärt nichts, sondern gibt uns nur neue Rätsel auf. Was zum Beispiel soll dieser ganze Aufwand einer lichterfunkelnden Stadt, die Fabriken mit ihren rasenden Maschinen, das Gewimmel von Gestalten und Fahrzeugen, wenn es sich um nichts anderes als seelenlose Marionetten handelt, noch dazu im Inneren eines Planeten im hintersten Winkel des Weltalls!? Wozu stellen sie sich selbst her, wo es schon zu viele von ihnen gibt? Vor allem aber – sie können sich nicht selber erfunden haben! Es muß also jemanden geben oder gegeben haben, der sich diesen unheimlichen Spaß ausgedacht hat!«

Nachdem sie ihre Mahlzeiten eingenommen hatten, zündete Gulliver seine Pfeife an, für die er noch immer genügend Tabak zu haben schien, und sagte:

»Was hielten Sie davon, der Oberfläche einen Besuch abzustatten? Möglicherweise würden wir dort mehr erfahren als hier unten. Vielleicht stoßen wir auf Versteinerungen oder gar Inschriften, die uns einigen Aufschluß über die früheren Bewohner dieses Planeten geben.«

Swift war einverstanden, und ein Zufall kam ihnen zu Hilfe. Gulliver entdeckte am Ende der Geröllhalde in der Höhlenwand einen Riß, der, nach einem dünnen Lichtstrahl zu schließen, zur Oberfläche führen mußte. Er besorgte eine Leiter und ein paar Seile, und sie machten sich auf den Weg.

ACHTES KAPITEL

Es ging gegen Abend, als sie endlich das Freie erreichten. Sie atmeten mit Genuß die frische Luft, auch wenn ihr ein Hauch von Chlor oder Schwefel beigemengt war, und konnten wieder um sich sehen, so weit ihre Blicke reichten. Am Horizont erhoben sich in den letzten Strahlen des untergehenden Tagesgestirns die Krater und Ringgebirge, die ihnen bereits bei der Annäherung an den Planeten aufgefallen waren.

Sich zu ihrem Entschluß beglückwünschend, schickten sie sich zum Gehen an. Doch schon beim ersten Schritt stürzte Swift der Länge nach hin. Der Boden bestand aus einem von zahlreichen Verunreinigungen durchsetzten gläsernen Schmelzfluß.

»Wie kommt ein Gestirn zu einem gläsernen Überzug?« sagte Gulliver, indem er Swift aufhalf. »Mir scheint, hier oben erwarten uns noch mehr Rätsel.«

Sie setzten dennoch, obschon unter größter Vorsicht, ihren Weg fort. Nachdem sie etwa drei Meilen zurückgelegt hatten, blieb Gulliver, der als erster ging, stehen.

»Doktor, es sieht so aus, als hätten sich unsere Bemühungen gelohnt!«

An einer Stelle, wo ein natürlicher Boden eine Insel in der Glaskruste bildete, stand ein niedriges Bauwerk aus grauem Stein mit einem gewölbten Dach und schmalen Schlitzen anstelle der Fenster. Es war das Ebenbild des Baues, in dem sie hausten, nur größer. Davor lag ein verwahrlostes Gärtchen mit einigen verkümmerten Bäumen und Sträuchern, denen man ansah, daß sie Mühe hatten, am Leben zu bleiben. Im Gegensatz dazu blühten mehrere Rosenstöcke in einer geradezu verschwenderischen Pracht.

Langsam gingen sie um den Bau herum. Auf seiner Rückseite erhob sich ein großer Abfallhaufen, ähnlich dem, der Gulliver die Einrichtung ihrer Behausung geliefert hatte.

Aber dieser hatte eine Überraschung für sie bereit. Zwischen metallenen Kästen mit zahlreichen Knöpfen, Gerümpel und Bruchstücken aller Art lagen zerbeult und verbogen drei oder vier der mechanischen Figuren, deren geheimnisvolles Treiben sie heraufgeführt hatte. Sie starrten mit gläsernen Augen in den abendlichen Himmel, und aus ihrem Inneren quoll ein Gewirr von Drähten, Spulen und Röhren.

»Zweifeln Sie immer noch?« rief Gulliver nicht ohne Genugtuung.

Im gleichen Augenblick erscholl eine Stimme aus dem Bau. Sie klang näselnd und sagte in einem Gemisch von Holländisch, Französisch und Englisch:

»Warum kommen Sie nicht herein? Ich habe Sie schon lange erwartet. Wenn Sie den vorderen Eingang benutzen, finden Sie mich hinter der ersten Tür links.«

Ein wenig zögernd folgten sie der Aufforderung und standen bald darauf dem Besitzer der Stimme gegenüber.

Er war von kleinem Wuchs und gänzlich unbestimmbarem Alter, trug eine große dunkle Brille, die von seinem Gesicht nicht mehr frei ließ als die Nasenspitze und einen schmalen Mund. Die Haut war wie künstlich gestrafft, und die Hände hatten bei aller Beweglichkeit etwas Lebloses.

Er hockte hinter einem Tisch, damit beschäftigt, an seinem schwarzen Überrock, der ihm ein militärisches Aussehen verlieh, eine Schraube vor einem kleinen Rohr zu befestigen, wie deren eine ganze Anzahl aus dem Rock ragten. Neben ihm lehnte ein Paar künstlicher Beine.

Hin und wieder stieß er tonlos und mehr zu sich selbst hervor, es sei ein Kreuz mit diesen Ventilen, und die Blasebälge selbst seien nicht mehr ganz dicht. Eigentlich brauche er neue, aber der Artikel sei nicht mehr zu finden. Dafür habe er noch recht gut erhaltene Nieren entdeckt, er benötige sie zwar nicht, aber alles nutze sich einmal ab, und gerade mit den Nieren könne man nicht vorsichtig genug sein.

Endlich hatte er die Schraube an ihren Platz gebracht und sagte, jetzt mit merklich vollerer Stimme, zu den beiden, die ihm verständnislos zugesehen hatten:

»Für die nächsten neunzig Jahre wird es wohl halten. Das alles kommt Ihnen sonderbar vor, wie?«

Er öffnete seinen Überrock ein wenig, worauf ein ganzes Arsenal winziger Apparate sichtbar wurde.

»Mit der Schraube, die ich eben angebracht habe, regele ich die Luftzufuhr. Mit dieser« – er zeigte auf eine andere – »den Wasserhaushalt, und diese kleine Maschine dient dazu, das Herz zu entlasten. Ich könnte mit ihr auch Gefühle erzeugen, wenn ich Wert darauf legte, was nicht der Fall ist. Auf der Rückseite befinden sich noch die Filter für die Nieren und die Leber. Mit dem Magen habe ich zum Glück keine Scherereien mehr, seit ich vor zweihundertsechzig Jahren zur chemischen Ernährung übergegangen bin.«

Er richtete sich etwas auf und sah sie geringschätzig an.

»Sie gehen vermutlich noch auf natürlichen Beinen, atmen durch organische Lungen und ernähren sich womöglich vom Fleisch anderer Lebewesen. Gott mag wissen, von welchem Gestirn Sie stammen und welcher fragwürdigen Gattung Sie angehören.«

Sie seien Menschen, erwiderte Swift mit Nachdruck, und kämen von einem Gestirn namens Erde.

»Sie sagen das, als sei es eine ganz besondere,

nur Ihnen zustehende Auszeichnung. Mir ist von einem solchen Gestirn nichts bekannt und schon gar nichts von dessen Bewohnern. Wer soll auch die Tausende von bewohnten Planeten im Kopf haben! Sagen Sie mir lieber, wie Sie auf den ›Tuyo‹ gelangt sind!«

Dies nämlich war der Name des Gestirns, nach dem seine Bewohner sich Tuyos nannten.

Als Kapitän der ›Stella‹ schilderte Gulliver ihre bisherigen Erlebnisse, die gemachten Beobachtungen und schließlich, nicht ohne einen Unterton von Entrüstung, die Umstände, die sie zur Landung gezwungen hätten.

Er habe den Vorgang beobachtet, unterbrach ihn der Alte. Nichts als eine der üblichen Maßnahmen bei der Annäherung eines fremden Körpers. In diesem Fall sei sie überflüssig gewesen, denn wie er sehe, ließen sie an Harmlosigkeit nichts zu wünschen übrig.

Wer denn hier über die Harmlosigkeit von Besuchern zu entscheiden habe, erwiderte Swift statt der scharfen Entgegnung, die ihm schon auf der Zunge lag. Doch nicht die sonderbaren grauen Gestalten im Inneren, die nach der Ansicht seines Gefährten mechanische Figuren aus Blech und Drähten seien?

Der Alte schien belustigt.

»Sie bestehen schon aus etwas mehr, ja sie haben fast alles, was auch die alten Tuyos besaßen, die früher hier wohnten.«

»Leben sie nicht mehr?« fragte Gulliver teilnahmsvoll.

»Sie sind vor etwa neunhundert Jahren ausgestorben. Ich dürfte der letzte Überlebende sein.«

»Wie, Sie können unmöglich älter als neunhundert Jahre sein!«

Der Alte lächelte geschmeichelt. Und doch sei es so. Fast zweihundert Jahre habe er eingefroren verbracht. Zu seiner Zeit seien alle bedeutenden Männer, wenn er das sagen dürfte, eingefroren worden und nur bei besonderen Anlässen wieder aufgetaut – um Ansprachen zu halten oder Hände zu schütteln, eine der letzten organischen Bewegungen der Tuyos. Nach dem letzten Kriege sei er weitere hundert Jahre im Inneren geblieben, dann aber aus Gesundheitsrücksichten auf die Oberfläche zurückgekehrt, obwohl sie als unbewohnbar erklärt worden sei. Er fühle sich hier oben recht wohl, und nur der Garten mache ihm Sorge, aber dafür sei er sein Asthma los.

»Hat der Krieg, von dem Sie sprachen, etwas mit dem gläsernen Schmelzfluß zu tun, von dem der ganze Boden bedeckt zu sein scheint?« fragte Gulliver, der bekanntlich für alle militärischen Fragen großes Interesse zeigte.

»Immerhin sind Sie imstande, Beobachtungen miteinander zu verknüpfen und daraus Rückschlüsse zu ziehen. In der Tat entwickelten die Sprengkörper, die wir damals benutzten, eine so große Hitze, daß die Oberfläche bis zu einer Tiefe von zwanzig Yard schmolz. Überflüssig zu sagen, daß kein Grashalm mehr darauf gedieh.«

»Dann sind auch die Ringgebirge und Krater auf die gleiche Weise entstanden!«

»Es sind die Spuren, welche die großen Bomben bei ihrem Aufschlag hinterließen.«

Hier konnte Gulliver nicht unterlassen, Swift einen bedeutsamen Blick zuzuwerfen.

»Etwa zwanzig von ihnen«, setzte der Alte fort, »hätten genügt, den ganzen Planeten in die Luft zu sprengen, aber dann wäre der Krieg zu Ende gewesen und damit unsere ganze Kultur. Bei dem heutigen Stand der Entwicklung würden bereits zwei solcher Bomben genügen.«

»Soll das heißen, daß diese Sprengkörper immer noch hergestellt und womöglich verbessert werden, obwohl niemand mehr da ist, der bereit oder fähig wäre, Krieg zu führen?« rief Swift. »Das wäre doch der Gipfel des Wahnsinns!«

Ob es auf dem Tuyo oft zu Kriegen gekommen sei, wollte Gulliver wissen.

»Ununterbrochen. Irgendwo wurde immer gekämpft, seit Jahrtausenden. Aber die Kriege meiner Generation waren die größten. Sie wurden sogar im Inneren weitergeführt, wobei die Städte und alle Anlagen entstanden, die Sie gesehen haben. Der letzte endete mit der Vernichtung der Oberfläche.«

»Und worum ging es dabei?« fragte Swift.

Der Tuyo sah ihn verdutzt an.

»Um die Oberfläche natürlich. Aber wozu fragen Sie? Es geht nie um etwas Bestimmtes und schon gar nicht um das, worum es angeblich geht.

Der Krieg ist eine Lebensform hochentwickelter Zivilisationen. Er dient dazu, die Aggression, die sich in jeder Gesellschaft anstaut, in geordnete Bahnen zu lenken. Ohne ihn würde sie im Chaos versinken.«

Woran seine Vorfahren eigentlich zugrunde gegangen seien, erkundigte sich Swift.

»Sie meinen meine Zeitgenossen. Woran gehen Wesen zugrunde, wenn nicht an sich selbst? Leben heißt nicht nur, sich erhalten, sondern auch, sich vernichten. Sie besaßen die Mittel, ihr Dasein bis ins Unendliche zu verlängern, machten aber keinen Gebrauch mehr davon. Ihr Verfall begann mit den Zähnen. Danach kamen die Beine und zuletzt die inneren Organe. Das Sehen erfolgte durch Gläser und das Hören durch Membrane. Jede Verkümmerung führte zu einer Erfindung und jede Erfindung zu einer weiteren Verkümmerung. Gesprochen, geschrieben und gerechnet wurde nur noch mit Hilfe von Maschinen, und nachdem diese auch das Denken besorgten, ging die Führung des gesamten öffentlichen und privaten Lebens an automatische Apparate über. Am Schluß herrschte vollkommene Ordnung und gähnende Langeweile.«

»Aber es muß doch noch zwei Geschlechter gegeben haben? Wie stand es mit der Fortpflanzung?« fragte Swift, den der Gegenstand seit seinem Aufenthalt bei den Mnus besonders zu beschäftigen schien.

Zwei Geschlechter seien erstaunlicherweise noch vorhanden gewesen, aber ihre Vereinigung mehr eine Art von Gesellschaftsspiel und schließlich nur noch ein Kuriosum. Die Weiber bedienten sich eines Apparates mit kleinen Bürsten und Gummiteilen, der sich auf jeden gewünschten Grad von Leidenschaftlichkeit einstellen ließ. Die Männer hätten sich nur noch dann und wann und mehr aus Höflichkeit ein Gaudemiché angeschnallt und die dazu gehörigen Empfindungen unmittelbar im Gehirn erzeugt, bis sie auch dessen überdrüssig geworden seien.

»Und wie, zum Teufel, pflanzten sie sich fort?« rief Swift ungeduldig.

»Gar nicht. Ich sagte schon, sie starben aus, und an ihre Stelle traten die ›Mecs‹.«

Anscheinend hatte sich der Alte mehr zugemutet als gut war. Bei den letzten Worten war seine Stimme zu einem Flüstern herabgesunken, und auch bei Swift und Gulliver machte sich eine gewisse Ermüdung bemerkbar.

Von einem Abendessen konnte sehr zu Swifts Mißvergnügen nicht eigentlich die Rede sein, nachdem der Alte ein paar verschieden gefärbte Pillen und eine Flasche mit Medizin auf den Tisch stellte, die ihnen, wie er einladend sagte, jeden Hunger im Handumdrehen vertreiben würden. So zog Gulliver das übliche Rauchfleisch und Hartbrot hervor, das er für solche Fälle bei sich zu tragen pflegte, und sie begaben sich zeitig zu Bett.

Am nächsten Morgen mußten sie den Bau in allen Einzelheiten besichtigen, der bis ans Dach mit dem ungeheuerlichsten Plunder vollgestopft war, den sie je zu Gesicht bekommen hatten. Wie fast alles auf jenem Planeten, bestand das meiste aus Blech oder einem gummiartigen Stoff, der sich widerstandslos in jede beliebige Form verwandeln ließ, wodurch allein er den Widerwillen der beiden erregte. Besonders umfangreich war eine Sammlung von Modellen sämtlicher Waffen und Bomben und die achtzigtausend Medikamente und Drogen, das heißt von allem, womit die Tuyos ihren Planeten und sich selbst zugrunde gerichtet hatten.

Im Garten bewunderten sie nach Gebühr die prächtigen Rosen, bis sie dahinter kamen, daß sie samt ihrem Duft nachgemacht waren, was den Alten in helles Entzücken versetzte. Er hatte seine Beine angeschnallt und fuhr damit fauchend und knatternd umher. Er wollte sie sogar zu einem in der Umgebung befindlichen Punkt begleiten, von dem man eine besonders schöne Aussicht auf die Bombenkrater und den gläsernen Schmelzfluß habe, doch lehnten sie aus Furcht vor neuen Verletzungen höflich ab.

Den Abfallhaufen wollten sie taktvoll vermeiden, aber der Alte blieb stehen und murmelte mit einem Blick auf die zerbeulten Figuren, ob sie ihm nicht zum Verwechseln glichen, was die beiden pflichtschuldigst bejahten. Danach kehrten sie in das Haus zurück, wo der Alte seine Erzählung fortsetzte.

NEUNTES KAPITEL

»Ja, die Mecs«, sagte er und nahm eine Pille, um sein Gedächtnis aufzufrischen. »Der Name braucht Sie nicht zu erschrecken. Es sind die Anfangsbuchstaben der ›Metaphysical Electronic Company‹ (Limited), die sie erstmals in Serien herstellte. Seither wurden sie erheblich verbessert. Sie werden nach einem Plan von zentralen Automaten gelenkt, bewegen sich auf Kommando und sind imstande, die kompliziertesten Verrichtungen auszuführen. Ich glaube nicht, daß sie wirklich etwas empfinden, obwohl sie mit einem kompletten Sensorium ausgerüstet sind. Es ist allerdings nur auf ihr Arbeitsbereich eingestellt, und ich wette, Sie beide sind von ihnen nie wahrgenommen worden. Sie besitzen kein kritisches Denkvermögen und nichts dergleichen wie eine eigene Meinung. Das wäre auch gänzlich unnötig und würde sie nur von der Arbeit ablenken.«

»Und wozu und für wen arbeiten sie?« fragte Swift.

»Um die Arbeit in Gang zu halten und womöglich zu steigern. Dies war der Kernsatz, der das Leben der alten Tuyos bestimmte und den sie den Mecs hinterlassen haben.«

»Auch wenn niemand vorhanden ist, der die Produkte benötigt?«

»Ziel und Sinn der Gesellschaft ist es, soviel zu erzeugen wie möglich. Das Erzeugnis und seine Verwendbarkeit ist von untergeordneter Bedeutung.«

»Auf der Erde, wo man sich allerdings nicht auf einer so hohen Stufe der Entwicklung befindet, hat jede Gesellschaft das Glück und die Wohlfahrt ihrer Mitglieder zum Ziel«, bemerkte Swift etwas lahm.

»Das versteht sich von selbst! Die Mecs werden alle acht Stunden beiseite gestellt, um sich abzukühlen, jede Woche einmal geölt und gereinigt und einmal im Jahr repariert und neu angemalt. Dann sind sie wieder für elf Monate brauchbar. Damit sie nicht unnütz herumstehen, ist sogar für ihre Unterhaltung gesorgt.«

Der Alte schwieg einen Augenblick.

»Mit der Zeit hat sich nämlich bei ihnen ein dumpfer Drang nach Zerstreuung und Abwechslung herausgebildet, dem man Rechnung tragen muß. Auf Kommando versammeln sie sich zu Spielen, bei denen ein Ball in sinnloser Weise hin und her rollt, oder starren auf flimmernde Flächen, auf denen Schatten nicht weniger sinnlose Verrichtungen ausführen, aber ihnen genügt es. Die völlige Ausschaltung aller Gefühle und Denkvorgänge hat es möglich gemacht, die vollkommenste Gesellschaftsordnung zu schaffen, die es je gegeben hat. Alles ist bis auf das kleinste geplant, nichts dem Zufall überlassen. Die Bewohner Ihres Planeten könnten sich glücklich schätzen, ginge es ihnen nur halb so gut wie den Mecs.«

»Und doch besitzen die Bewohner meines Planeten etwas, was sie über Ihre leblosen Puppen erhebt! Wären die Mecs fähig, ein Gedicht zu verfassen?«

»Das besorgten zu meiner Zeit schon die ersten künstlichen Gehirne. Man brauchte sie nur mit sinnlosen Worten in größerer Zahl zu füttern.«

Sichtlich machte er sich über Swift lustig, der immer erboster wurde.

»Und dennoch, was soll das Ganze? Wozu wird dieses höllische Marionettentheater in Gang gehalten? Wem dienen diese lichterfunkelnden Städte mit ihren Unterhaltungen, die niemanden unterhalten, ihren Fabriken, die Gegenstände erzeugen, die niemand braucht, ihren Speisehäusern, deren Speisen ungenießbar sind? Wären sie von lebenden Wesen bewohnt, wäre ihr Wert schon fragwürdig genug. Aber welchen Sinn hat es, mit fühllosen Puppen ein Schattendasein vorzutäuschen, das ebensogut nicht vorhanden zu sein brauchte!«

»Fragen Sie immer nach Sinn und Zweck, auch auf Ihrem Planeten? Alles, was besteht, rechtfertigt sich durch sich selbst. Es genügt, daß es ist.«

In der darauffolgenden Nacht lagen Swift und Gulliver noch längere Zeit wach, während der Alte im Hause rumorte.

»Manchmal habe ich den Eindruck, als hielte er die Mecs für lebende Wesen, nur weil sie ihm und seinesgleichen nachgebildet sind«, sagte Swift.

»Ist der Unterschied wirklich so groß?« erwiderte Gulliver schläfrig. »Wenn man ein Herz durch eine Pumpe und Lungen durch Blasebälge ersetzen kann, dann ist das Herz eben nicht mehr als eine Pumpe und die Lungen sind nicht mehr als Blasebälge.«

»Sie vergessen den göttlichen Funken, den jeder Mensch in sich trägt!«

»Hat dieser Funke nicht eine gewisse Ähnlichkeit mit dem elektrischen, welcher die Mecs in Bewegung setzt? Schon Hobbes bemerkt, daß sich die meisten menschlichen Eigenschaften durch die Reize erklären lassen, welche die Umwelt auf ihre Organe ausübt.«

»Hobbes war ein elender Materialist!«

»Was ist damit schon gesagt«, murmelte Gulliver halb im Schlaf. »Als ob je einer, der dieses Wort als Schimpfwort verwendet, sich über die Materie hätte erheben können, und sei es in seinen kühnsten Phantasien und Träumen.«

Am nächsten Morgen waren sie früh auf. Sie hatten beschlossen, den Planeten womöglich noch am gleichen Tage zu verlassen. Da Gulliver fürchtete, die ›Stella‹ nicht wiederzufinden und vor allem, die Kuppel nicht öffnen zu können, die den Schacht verschloß, bat er den Alten, sie zu begleiten, und dieser willigte nach einigem Zögern auch ein. Er sei zwar vor sechzig Jahren erst unten gewesen, doch könne eine kleine Besichtigung niemals schaden.

Dieses Mal brauchten sie nicht den Riß hinunterzuklettern, durch den sie gekommen waren. Ganz in der Nähe des Baues befand sich ein Aufzug, der sonderbarerweise sogar funktionierte und sie in wenigen Augenblicken wohlbehalten auf dem Grunde des Inneren absetzte.

Sie mußten die ganze Stadt durchqueren, um zu ihrem Fahrzeug zu kommen, und obwohl der Alte rüstig auf seinen künstlichen Beinen ausschritt, wäre er lieber in einem der Wagen gefahren, die unter Donnergepolter auf dem Grunde eines Schachtes in langen Reihen hin und herrollten. Die beiden hatten jedoch genug von den Wundern der Stadt und zogen vor, zu Fuß zu gehen.

Bald waren sie wieder von dem Gewimmel der hastenden grauen Gestalten und dem Kreischen und Knattern der blechernen Kästen umgeben.

An einem Beet mit feurigen Tulpen machten sie halt. Wie die Rosen des Alten waren auch sie aus einem künstlichen Material gefertigt, und auch der Lufthauch, in dem sie sich wiegten, wurde von einer Maschine erzeugt. Die Tuyos hätten viel Verständnis und Liebe für die Natur gehabt, bemerkte der Alte, besonders, nachdem auf der Oberfläche kein Halm mehr gewachsen sei. Ihr größtes Vergnügen sei gewesen, ganze Landschaften mit blühenden Bäumen und Tieren, natürlich mechanischen Modellen, aufzubauen, farbige Abbildungen davon herzustellen und diese bei Licht zu betrachten.

Weshalb sie dann die Mecs zu so unziemlicher Eile angetrieben hätten, bemerkte Swift, da ihnen Zeit doch in unbegrenztem Maße zur Verfügung gestanden habe.

Die Mecs, war die Antwort, seien auf eine genau berechnete Geschwindigkeit eingestellt, da sonst ihre Temperatur sinken und ihre Arbeitsleistung verringert würde. Er habe einmal ein paar Mecs zu sich hinauf geholt, um sie im Garten arbeiten zu lassen. Möglicherweise habe ihnen die Arbeit nicht gepaßt – sie seien nämlich nach Gruppen für bestimmte Aufgaben konstruiert und in dieser Hinsicht empfindlich –, wahrscheinlicher aber sei, daß sie die Temperatur der Oberfläche nicht vertragen hätten, denn sie seien am Ende regelrecht eingegangen.

Unter solchen Gesprächen hatten sie die Halle erreicht, in der sich die gewaltigen Maschinen ruhelos hin- und herbewegten und drehten. Nur die ›Stella‹ stand unberührt am gleichen Platz, an dem sie gelandet war. Offenbar war auch sie der Wahrnehmung durch die Mecs entgangen.

»Was meinen Sie, wie wir hier herauskommen?« fragte Gulliver, zu der geschlossenen Kuppel emporblickend.

»Nichts leichter als das. Gleich hier drüben liegt die Steuerungszentrale, von der aus die Schließung und Öffnung der Kuppeln besorgt wird.«

Es war ein Saal, an dessen Wänden zahllose Lichtpunkte aufleuchteten und erloschen. In seiner Mitte stand eine Art Pult mit Reihen verschiedenfarbiger Knöpfe.

An diesem Pult, sagte der Alte herantretend, würden im Falle eines Krieges alle Gegenmaßnahmen automatisch errechnet und ausgeführt, und bei einem unglücklichen Ausgang auch die Vernichtung des Tuyo. Ebenso würden von hier alle Kuppeln geöffnet und geschlossen, was für gewöhnlich selbsttätig erfolge, im Notfall aber auch durch einen Druck auf den betreffenden Knopf besorgt werden könne.

Damit begann er an den Knöpfen zu hantieren, wie um sich über ihre Bedeutung zu vergewissern. Gleichzeitig wies er Gulliver an, das Fahrzeug in Bereitschaft zu setzen, um unverzüglich aufsteigen zu können.

Rasch nahmen sie von dem Alten Abschied und bestiegen die ›Stella‹.

Einige Minuten vergingen. Aus der Halle dröhnte der Lärm der Maschinen.

Schon wollte sich ein Fluch auf Gullivers Lippen formen, als ein dumpfes Gedonner hörbar wurde, dem ein wütender Windstoß folgte. Im gleichen Augenblick versank die Halle im Dunkel.

»Um Himmels willen, was ist das? Machen Sie rasch!« rief Swift.

Das Donnern wurde stärker und kam immer näher. Dazwischen erscholl ein Krachen, als ob Felsmassen zusammenstürzten. Danach trat Stille ein.

In dieser Stille erhob sich, anfänglich schwach, dann immer mehr anschwellend, von der Stadt her ein hoher, heulender Ton, der schließlich zu einem schrillen Schreien anwuchs.

»Hören Sie? Was bedeutet das?« fragte Swift.

Eine Zeitlang hielt sich der Ton, der klang, als gehe er von Millionen in Schwingung versetzter Membrane aus, auf seiner höchsten Höhe, bis ein neues Donnergebrüll ihn verschlang.

Ob sich der Mechanismus in Gang gesetzt hatte, oder ob es der Sturm war, der mit der Gewalt eines Orkans durch das Tunnelloch in die Halle fuhr, Maschinen umwarf und Teile der Decke einstürzen ließ, jedenfalls öffnete sich die Kuppel und die ›Stella‹ schoß durch den Schacht hindurch und ins Freie. Wenige Augenblicke später lag der Planet unter ihnen.

Der Anblick war furchtbar. Das Gestirn schwankte und bebte, und überall brachen Feuerströme aus seinem Innern hervor.

»Begreifen Sie, was geschehen ist?« fragte Swift fassungslos.

»Ich nehme an, der Alte hat sich geirrt. Es wäre das einzig Menschliche an ihm gewesen«, murmelte Gulliver. »Oder er hat es gewollt, ohne es selbst zu wissen.«

Indessen hatte die Zerstörung ihren Fortgang genommen. Große Teile der Oberfläche lösten sich von der Hauptmasse des Gestirns, das jetzt von einem einzigen Feuermeer eingehüllt war. Zum Glück befand sich die ›Stella‹ bereits in so großer Entfernung, daß die emporgeschleuderten Massen sie nicht mehr erreichten.

»Wieviel Erfindung, wieviel Arbeit und Geduld, nur um in einem Feuerwerk zu verpuffen, das nicht einmal Zuschauer hat!« rief Swift. »Was hätte sich aus diesem Planeten machen lassen, hätten denkende Wesen auf ihm gewohnt!«

»Aber er war ja von denkenden Wesen bewohnt«, bemerkte Gulliver und wandte sich seinen Berechnungen zu.

ZEHNTES KAPITEL

Wie im allgemeinen der Mensch auch des erhabensten Schauspiels und der reinsten Schönheit mit der Zeit müde wird, so Swift angesichts der unaufhörlich wechselnden und doch stets gleichbleibenden Bilder, die ihm das Weltall bot.

Er lehnte mit dem Rücken am Fenster der Mittelkajüte und blickte zu Gulliver hinüber, der wieder einmal Zahlenreihen auf das Papier warf.

»Was, zum Henker, rechnen Sie eigentlich in einem fort? Oder haben Sie einen Grund, es mir zu verschweigen?«

»Warum denn gar«, entgegnete Gulliver, die Feder beiseite legend. »Es ist nichts weiter als ein Versuch, die Gesamtheit alles Geschehens, seine Entstehung, seinen Ablauf und womöglich sein Ende in eine mathematische Gleichung zu fassen.«

»Ich nahm an, es handele sich um die Bestimmung unserer jeweiligen Positionen, aber wie ich sehe, ist in Ihnen ein mathematisches Genie verborgen, das nichts weniger als der ganzen Welt die Ordnung einer Gleichung aufzwingen will!«

»Sie haben gut spotten, Doktor! Sie wissen, daß ich von einer Ordnung, es sei denn die hier an Bord, nicht viel halte. Wo wir eine zu entdekken glauben, ist es immer nur unsere eigene. Ich zweifele auch, ob 1 x 1 wirklich 1 ist, handelt es sich doch bei allen Zahlen um Begriffe oder Abstraktionen. Aber Sie werden mir zugeben müssen, daß man durch eine Gleichung, die, wie ihr Name besagt, eine Vergleichung verschiedener Werte und Größen ist, zu Erkenntnissen oder zumindest Mutmaßungen kommen kann.«

»Und wozu sind Sie gekommen?«

»Daß das Universum aller Wahrscheinlichkeit nach die Gestalt einer Kugel besitzt.«

»Demnach wäre es nicht unendlich?«

Das sei auch eins von den Worten, mit denen man sich über die eigene Unzulänglichkeit hinwegzutäuschen suche.

»Aber es kann auch nicht endlich sein! Es würde sich nämlich sogleich die Frage erheben, was auf sein Ende folgt.«

Da sähe er schon, sagte Gulliver, wohin man mit solchen Begriffen komme, denn auch das Wort endlich führe zu einem Trugschluß.

»Zum Teufel, es kann doch nicht nichts von beiden sein. Wo bliebe da alle Logik!«

Es sei Zeit, die Logik beiseite zu lassen, erwiderte Gulliver, einen kleinen, vor ihm stehenden Globus aufnehmend. Da der Mensch nur in Beispielen und Bildern zu denken vermöge, so leuchte vielleicht ein, daß das Weltall wie diese Kugel endlich und unendlich zugleich sei, in seiner Masse und Form begrenzt und doch ohne Anfang und Ende.

»Es müßte also sein Ende in sich selber finden, eine Annahme, die von allen die absurdeste wäre. Oder haben Sie in Ihrer Gleichung das fragwürdige Zeichen für ›Nichts‹ verwendet?«

Nein, erwiderte Gulliver, die Erklärung liege

viel näher. Die Welt nähme ihr Ende im Denken des Menschen, das ihm eine Wirklichkeit vorspiegele, die es nicht gäbe. So sei alles, was er wahrnehme, unendlich und endlich zugleich.

»Die Welt besteht doch nicht nur aus einer Vorstellung unseres Gehirns. So unvollkommen unsere Sinne auch sind, sie bilden einen Teil dieser Welt und sind vermutlich entstanden, um sie uns erkennen zu lassen«, rief Swift.

»Wir sollten aufhören, dem Zwecklosen unsere Zwecke, dem Sinnlosen unseren Sinn und dem Wortlosen unsere Worte unterzuschieben. Es gibt keinen Zweck, wir können nur sagen, daß eins aus dem andern folgt. Und sollte es, unabhängig von uns, eine Wirklichkeit geben, so sind wir nicht fähig, sie bis zu Ende zu denken.«

Nicht lange nach diesem Gespräch machte sich ein unangenehmer Geruch bemerkbar, den sie sich nicht erklären konnten. Gulliver argwöhnte, er habe etwas von dem Unrat übersehen, den das Mnu in einem Winkel zurückgelassen habe, doch war nichts zu finden.

Schließlich öffnete Swift ein Fenster.

»Da haben wir es! Der Geruch stammt offenbar von einem in der Nähe befindlichen Gestirn!«

Die Vermutung erwies sich als richtig. Es war ein Planet, der in eine purpurne Dämmerung gehüllt schien. Da weit und breit keine Sonne zu sehen war, mußte er sein Licht entweder aus sich selbst erzeugen, was wenig wahrscheinlich war, oder unmittelbar vom Himmel empfangen.

Die Oberfläche war von morastigen Sümpfen bedeckt, über denen schwere braune und violette Wolken hingen. Zwischen ihnen entdeckten sie, als sie näher gekommen waren, Schwärme von schwärzlichen Lebewesen, die mit Hilfe von Flughäuten auf und nieder schwebten.

»Fledermäuse«, bemerkte Swift.

»Sie sind recht gut genährt«, erwiderte Gulliver, sie durch das Teleskop musternd. »Von Fliegen und Mücken allein können sie nicht so fett sein. Ich möchte wetten, daß es auf diesem Planeten noch andere Tiere gibt.«

Eine Weile flogen sie in geringer Höhe über den Sümpfen dahin, aus denen sich hin und wieder Inseln von festem Lande erhoben.

»Da haben wir sie!« sagte Gulliver befriedigt und nahm das Glas von den Augen.

Auf einer der Inseln war deutlich eine Reihe von Hügeln erkennbar, um deren Eingänge sich kaninchenähnliche Wesen tummelten. Ein Stück weiter sahen sie die gleichen Wesen in großen Scharen. Sie bewegten sich hüpfend und springend vor und zurück und gaben dabei klägliche Töne von sich. An ihrer Spitze krochen schwerfällig einige der schwarzen, mit Flughäuten versehenen Gestalten.

»Was sagen Sie dazu?« rief Swift.

»Wahrscheinlich sind sie vom Drehwurm befallen. Bei Kaninchen und Schafen ist das oft der Fall, besonders wenn das Futter zu naß ist.«

Sie hätten die Nacht an Bord der ›Stella‹ verbringen können, aber Gulliver meinte, es könne nichts schaden, sich auf der Oberfläche ein wenig umzusehen. Er hatte bemerkt, daß die Taue, mit denen die ›Stella‹ an der metallenen Kugel hing, an einigen Stellen schadhaft geworden waren, und hoffte, sich hier, wenn nicht neue, so doch etwas zu ihrer Ausbesserung besorgen zu können.

Sie machten die ›Stella‹ in einem Wäldchen fest und begaben sich auf den Weg.

Nach einiger Zeit erblickten sie ein scheunenartiges Gebäude aus Holz mit einem gewölbten hohen Dach, das sich zwischen mehreren Hügeln erhob.

»Vermutlich ein Bau, den die Fledermäuse sich für die Nacht geschaffen haben«, bemerkte Gulliver. »Ihr Schlaf ist meistens tief. Trotzdem müssen wir auf der Hut sein.«

Dabei öffnete er eine große Klappe, die den Bau verschloß.

Sie gelangten in eine mächtige Halle, die entgegen ihren Erwartungen völlig leer war. Dafür war die Luft wie geschwängert von dem faden süßlichen Geruch, der sie zur Entdeckung des Planeten geführt hatte.

Nachdem sie sich umgetan hatten, soweit die Dunkelheit es erlaubte, entdeckten sie eine Leiter, die zu einem hochgelegenen Mauerloch anstieg. Es war geräumig und trocken, und so beschlossen sie, die Nacht darin zu verbringen.

Gulliver kroch als erster hinein. Dabei trat er mit seinem Stiefel ein großes Stück des Mauerwerks los.

»Geben Sie doch acht!« rief Swift halblaut. »Um ein Haar hätte es mich getroffen.«

»Ich ahnte nicht, daß das Gemäuer so morsch ist. Wahrscheinlich ist es nur aus Lehm und Speichel zusammengeklebt.«

Sie machten es sich bequem und verbrachten eine leidliche Nacht.

Am Morgen wurden sie durch ein undeutliches vielstimmiges Gemurmel geweckt. Vorsichtig blickten sie über den Rand des Loches hinab. Die Halle war von Tausenden von Kaninchen erfüllt, die erwartungsvoll auf ihrem Hinterteil hockten.

Auf einmal begannen sie ein lautes Winseln und Quieken von sich zu geben und wie besessen die Vorderpfoten aufeinander zu klopfen.

Von der Seite, an der die Halle am düstersten war, näherte sich schwerfällig und schwankend ein unheimlicher Zug. Zum größten Teil bestand er aus Fledermäusen, doch gewahrten die beiden auch einige Kaninchen darunter, die sich hüpfend vorwärtsbewegten. Die Mitte des Zuges wurde von einem hohen Gestell gebildet, in dem, an einem Querbalken hängend, eine alte Fledermaus mit dem Kopfe nach unten hin und her schaukelte. Von Zeit zu Zeit öffnete das Tier seine Flughäute und schwenkte sie gegen die quiekenden Kaninchen.

Zum ersten Male hatten Swift und Gulliver Gelegenheit, die beiden Gattungen, die auf dem Gestirn in einer unerklärlichen Gemeinschaft zusammenlebten, aus der Nähe zu betrachten. Die Kaninchen sahen aus wie alle Kaninchen in der ganzen Welt, höchstens etwas größer und noch einfältiger. Die Fledermäuse dagegen boten einen geradezu furchterregenden Anblick. Sie hatten eine aufwärts gestülpte Schnauze, und in ihren faltigen schwarzen Gesichtern funkelten kleine tückische Augen. Sie mußten selbst wissen, welchen Eindruck sie machten, denn sie hielten die Köpfe vorsichtig gesenkt.

Im Mittelpunkt der Halle hielt der Zug. Das alte Tier wurde samt seinem Gestänge abgesetzt und begann mit dem ganzen Leibe geheimnisvolle Bewegungen auszuführen, was von allen Fledermäusen und Kaninchen mit einem eintönigen nasalen Gemurmel begleitet wurde.

Das Schauspiel, das die große Fledermaus bot, schien auf die Kaninchen betäubend zu wirken. Vielleicht schliefen sie auch, haben diese Tiere doch die Fähigkeit, mit geöffneten Augen zu schlafen.

Nach und nach wurden die Bewegungen des alten Tieres schwächer und hörten schließlich ganz auf. Es klappte die Flughäute zusammen, kletterte mühsam auf sein Gerüst, in dem es alsbald wieder mit dem Kopfe nach unten hing und wurde zur Halle hinausgetragen. Die Kaninchen erwachten aus ihrer Betäubung, sprangen auf und brachen noch einmal in schrilles Quieken und Winseln aus, worauf sie in Scharen die Halle verließen.

»Sind denn alle Planeten von Wesen bevölkert, die nichts als Narrenpossen im Kopfe haben!« rief Swift, kaum daß sie allein waren. »Wir in England leiden ja auch keinen Mangel daran.

Aber daß vernunftlose Tiere sich aufführen, als seien sie einem Tollhaus entsprungen, das geht über die Hutschnur!«

Er sei nicht so sicher, daß hier nur Narrenpossen getrieben würden, erwiderte Gulliver. Er glaube eher, daß sich eine Absicht hinter alldem verberge und daß es dabei um die Haut der Kaninchen gehe, wenn nicht um mehr.

Schon am nächsten Tage machten sie eine überraschende Entdeckung. Aus einem Kaninchenbau, der sich in ihrer Nähe befand, hörten sie ein monotones Gemurmel, das aus Worten zu bestehen schien. Gulliver meinte sogar, einzelne davon heraushören zu können.

Beherzt, wie es nun einmal seine Art war, kroch er kurzentschlossen hinein und kam erst nach einiger Zeit wieder heraus.

In dem Bau sitze ein altes Kaninchen, berichtete er, das die Pfoten ineinander verschlungen halte und unaufhörlich vor sich hin murmele. Soweit er verstanden habe, bitte es eine große Fledermaus, es zu verschonen und ihm alle seine Missetaten zu verzeihen, obwohl man nicht recht einsehe, was es bei seinem Alter und seiner Gebrechlichkeit noch groß verbrechen könne.

»Was für eine große Fledermaus?« fragte Swift streng.

Es müsse sich um eine solche handeln, setzte Gulliver fort, denn das Kaninchen wünsche sich, von dem ›Großen Bat‹, wie es sich ausdrückte, dermal einst Flughäute zu bekommen und mit ihnen über den Wolken umherzuflattern.

»Dummes Zeug«, sagte Swift, »selbst für ein ausgewachsenes Kaninchen zu albern. Sie haben sich sicher verhört. Wieso verstehen Sie überhaupt, was es sagte?«

Seine Sprache habe eine gewisse Ähnlichkeit mit dem ›Balibarischen‹, das er auf der ›Fliegenden Insel‹ gelernt habe und noch einigermaßen beherrsche, entgegnete Gulliver. Im übrigen könne Swift sich ja selbst überzeugen, wenn er ihm nicht glaube.

So kam es, daß beide in den Bau hineinkrochen, nicht ohne daß Swift sich mehrmals hatte versichern lassen, das Tier sei vollkommen harmlos und nur im Kopf etwas wirr.

Das Tier erschrak, als es unvermittelt die beiden fremden Gestalten vor sich sah, und ließ sich erst durch einen Schluck Sherry beruhigen, wie ihn Gulliver immer bei sich hatte. Danach wurde es zutraulich, ja sogar redselig und erzählte von selbst eine lange Geschichte, die Gulliver wie folgt übersetzte:

Vor undenklichen Zeiten habe der ›Große Bat‹, eine über alle Maßen große Fledermaus mit gewaltigen Flügeln, die Sümpfe und Hügel und schließlich die Kaninchen erschaffen und ihnen geboten, sich zu vermehren und ihn zu verehren. Ein paar Male habe er sich ihnen gezeigt und nach dem Rechten gesehen, ein paar Mal auch gedroht, sie allesamt wieder umzubringen, es dann aber doch nicht getan. Dann habe man ihn nie wieder gesehen. Statt dessen habe sein Sohn sie besucht.

»Auch das noch!« warf Swift ein. »Wie

kommt ein Wesen, das über den Wolken schwebt, zu einem Sohn? Wer war die Mutter?«

Wie es heiße, sei sie, ebenso wie der Sohn, ein Kaninchen gewesen. Beide hätten alles getan, die Kaninchen zu bessern, natürlich ohne Erfolg. Der Sohn habe sogar ein böses Ende genommen, die Kaninchen hätten ihn kurzerhand erschlagen und ihm das Fell abgezogen, worauf er wieder in den Wolken verschwunden sei. Aber noch heute wache er zusammen mit dem ›Großen Bat‹ über ihr Wohl und Wehe.

»Genug«, sagte Swift und erhob sich, soweit der niedrige Bau es zuließ. »Ich bin nicht gekommen, um mir einen solchen Galimathias anzuhören.«

»Warten Sie, mir scheint, daß jetzt erst das Wichtigste kommt!«

An seiner Stelle berichtete das Kaninchen weiter – habe der Sohn des Großen Bat die Fledermäuse zurückgelassen, damit sie auf die Kaninchen aufpassen sollten. Das täten sie auch und sorgten sich vor allem um deren Vermehrung, legten ihnen heilsame Bußen auf und steckten ihre Schnauzen in jeden Bau.

Mehr war aus dem alten Tier nicht herauszubringen, und so gewannen Swift und Gulliver auf allen vieren wieder das Freie.

»Wenn Sie nicht, wie gewöhnlich, in maßloser Art übertrieben haben, so müssen die Fledermäuse ihnen diese Geschichte aufgeschwatzt haben, wenn ich auch nicht begreife, warum.«

Ob er bemerkt habe, erwiderte Gulliver, daß das Tier nicht mit der Sprache herauswollte, als er es fragte, wovon die Bats sich ernährten? Dies sei vermutlich der Punkt, an dem die Lösung des Rätsels zu suchen sei. Er nehme an, die Bats hätten ursprünglich Jagd auf die Kaninchen gemacht. Mit der Zeit sei ihnen dies zu beschwerlich und umständlich geworden, und so hätten sie sich ihnen in aller Freundschaft genähert und ihnen dieses Märchen aufgebunden.

»Ja, aber um Himmels willen, wozu?« rief Swift. »Nur um sich die Zeit zu vertreiben?«

»O nein, alles andere als das! Diese abgefeimten fliegenden Hunde haben ihnen versprochen, Fledermäuse aus ihnen zu machen, wenn sie still hielten, ihnen dagegen mit den schrecklichsten Strafen gedroht, wenn sie sich weigerten und davonliefen. Die Bats haben ganz einfach eine Methode ersonnen, um die Kaninchen mühelos auszusaugen.«

»Auszusaugen?« wiederholte Swift in heller Verwunderung. »Wie kommen Sie auf diese Idee?«

»Ist Ihnen nicht aufgefallen, daß die Schnauze der Fledermäuse zu einem Rüssel geformt ist? Sobald sie die Kaninchen einmal in ihrer Gewalt hatten, lag nichts näher, als ihnen das Blut aus den Adern zu saugen, wie es ja auch unsere Vampire im Süden Amerikas tun. Hätten sie die Kaninchen gefressen, hätte das alte Spiel von neuem begonnen. So aber haben sie sich bequem eine nie versiegende Nahrungsquelle geschaffen.«

Das alles erscheine ihm doch zu phantastisch, meinte Swift. Wenn das der ganze Zweck sei, so lohne er nicht den Aufwand.

»Denken Sie nur, was es heißt, eine verwikkelte Kosmogonie zu erfinden, in Gang zu bringen und zu erhalten! Da wäre doch die Jagd auf Fliegen und Mücken einfacher. Wieviel Mühe muß es das alte Tier in der Halle gekostet haben, den Kaninchen mit dem Kopf nach unten ein Schauspiel zu bieten! Mir wird bei dem Gedanken schon schwindlig, ich sollte mit dem Kopf nach unten eine Predigt halten. Wenn das zuträfe, was Sie glauben, dann müßten die Bats als erste ihre Erfindung zur Hölle wünschen, samt dem ›Großen Bat‹ und seiner ganzen Sippschaft. Und wie steht es mit den Kaninchen? Deren Dummheit müßte noch größer sein, als Kaninchen im allgemeinen erlaubt ist.«

Und wenn sich die Fledermäuse, entgegnete Gulliver, mit der Zeit so in ihre Phantasien verstrickt hätten, daß sie selbst daran glaubten? Gäbe es nicht auch Autoren, welche die von ihnen erfundenen Gestalten am Ende für wirklich hielten und sie leibhaftig vor sich zu sehen meinten?

»Ein sonderbarer Gedanke«, sagte Swift und sah Gulliver nachdenklich an.

ELFTES KAPITEL

Schneller und anders als sie geglaubt hatten, kamen sie hinter das Geheimnis, das die beiden Gattungen miteinander verband. Einzelheiten darüber fehlen, und wir wissen nur, daß sie den Bats in die Hände fielen und sogar für ihr Leben fürchten mußten. Bei der Wachsamkeit Gullivers und der Vorsicht, welche Swift gewöhnlich bei drohenden Gefahren bewies, liegt die Vermutung nahe, daß sie im Schlaf überrascht wurden. Fest steht, daß Swift sein geistliches Gewand trug, da seine übrige Kleidung durch Schlamm und Lehm verunreinigt war, und so setzen wir, auf diese Tatsache fußend, unsere Erzählung fort.

Es war ein hoher, kahler Raum, in dem Swift sich wiederfand, allein, am Boden liegend und an Händen und Füßen gefesselt. Durch eine kleine Öffnung dicht unter der Decke drang Licht. Seine ganze Hoffnung war, Gulliver von einem Augenblick zum andern auftauchen und dem düsteren Spuk durch einen Schuß aus dem Terzerol ein Ende machen zu sehen.

Als sich jedoch nach Stunden vergeblichen Wartens eine schwere Klappe knarrend öffnete, erschien statt Gulliver eine Schar von Fledermäusen und Kaninchen, unter Führung des dikken alten Tieres aus der Halle. Es schwankte auf Swift zu, betrachtete ihn lange und eingehend aus seinen tiefliegenden Augen und begann, nachdem es sich umständlich auf sein Hinterteil niedergelassen hatte, zur größten Überraschung Swifts in einer dem Lateinischen verwandten Sprache zu ihm zu reden.

Es habe, sagte es, zu seiner großen Betrübung vernommen, daß er und sein Gefährte Unordnung und Unruhe unter die Kaninchen gebracht und Ärgernis erregt hätten, vor allem mit einem Vehiculum zwischen und sogar über den Wolken umhergeschwebt seien, was allein den Scharen des Großen Bat zustehe. Es habe ihrem Treiben geduldig zugesehen, sich aber endlich, angesichts der ihm vom Großen Bat übertragenen Aufgabe, über das geistige und leibliche Wohl der ihm anvertrauten Herde zu wachen, zum Eingreifen gezwungen gesehen. Er, den er hier vor sich sehe, scheine dem Körper nach ein Kaninchen, nach seinem äußeren Gewand aber ein Mitglied der geflügelten Scharen, was eine weitere Anmaßung sei, für die er sich werde verantworten müssen.

So gereizt als es die besonderen Umstände zuließen, erwiderte Swift, er verlange zunächst, von seinen Fesseln befreit zu werden, ehe er antworte – eine Forderung, der die Bats nach kurzer Beratung auch nachgaben.

Er und sein Gefährte, sagte Swift, sich aufrichtend und den Staub sorgfältig von seiner Soutane entfernend, seien weder Kaninchen noch – er überlegte rasch, ob er das Wort ›pipistrella‹ oder gar ›vampiri‹ wählen sollte, entschied sich aber vorsichtshalber für das gemäßigte – ›volabiles‹, sondern Untertanen Ihrer Britischen Majestät, als welche sie darauf beständen, unverzüglich in Freiheit gesetzt zu werden, worauf sie ihres Weges ziehen würden.

Das alte Tier wiegte den Kopf. Das sei unmöglich, erst müsse festgestellt werden, wie und zu welchem Zweck sie hergekommen seien. Ferner stehe zu befürchten, sie könnten, einmal freigelassen, neue Unruhe stiften und schließlich über das, was sie gesehen hätten, Unwahrheiten und Verleumdungen verbreiten.

Diese Möglichkeit, erwiderte Swift grimmig, bestände in der Tat, nur handle es sich nicht um Unwahrheiten und Verleumdungen, sondern um die wahrheitsgetreue Schilderung von Zuständen, die zum Himmel schrieen.

»Ihr habt nicht nur den euch von Gott anvertrauten Planeten in einen übel riechenden Sumpf, sondern auch die unschuldigen, nichtsahnenden Tiere, die ihn bewohnten, in eine angstvolle Herde verwandelt. Wozu treibt ihr sie in euren Scheunen zusammen und spielt ihnen eine Komödie vor, die ihr selber nicht ernst nehmt! Wozu zwingt ihr sie, gegen ihre Natur auf dem Hintern herumzurutschen, die Augen zu verdrehen und albernes Zeug zu plappern! Weshalb kriecht ihr in jeden Bau hinein und mischt euch in Dinge, die euch nichts angehen! Mit welchem Recht verlangt ihr von diesen armseligen Geschöpfen, daß sie euch Missetaten gestehen, die sie gar nicht begangen haben! Du sprichst von einem Auftrag, den du von einem Wesen über den Wolken erhalten haben willst? Wer ist das, und wie sieht es aus? Sieht es etwa so aus wie du?«

Der anwesenden Bats, aber auch der Kaninchen, bemächtigte sich bei diesen Worten Unruhe. Einige liefen krebsrot vor Zorn an, andere erblaßten. Nur das alte Tier blieb ruhig.

»Hier steht nicht die Lehre unserer geflügelten Gemeinschaft zur Debatte, sondern eure Lage.

Sie ist ernst. Wir können euch nur retten, wenn ihr ein offenes Geständnis ablegt und euch demütig dem Großen Bat unterwerft, der euch durch unsere Fürsprache vielleicht Verzeihung gewährt. Im übrigen sind die Kaninchen nicht so unschuldig, wie du zu glauben scheinst. Ihr Handeln und Trachten ist böse von Jugend auf. Erst wir haben ihrem erbärmlichen Dasein einen höheren Sinn verliehen.«

»Indem ihr ihnen das Mark aus den Knochen und das Blut aus den Adern saugt!« warf Swift ein.

»Frage sie selbst! Alles, dessen du uns anklagst, ist eine Wohltat für sie. Sie treiben Unzucht und Völlerei und neigen zum Schlagfluß. Sie sind glücklich, daß sie uns ihre geheimsten Gedanken anvertrauen dürfen. Dadurch haben wir sie von dem Schwersten befreit, das es gibt, der Verantwortung für sich selbst. Kommt es so sehr darauf an, woran sie glauben, wenn ihnen ihr Glaube nur hilft?«

»Da haben wir es!« rief Swift triumphierend. »Aber so leicht kommst du mir nicht davon! Es gibt ewige Wahrheiten, und wäret ihr nicht Sendboten des Satans, so würde ich sie euch beweisen.«

»Ts-ts-ts-«, machte der alte Bat. »Was sind Wahrheiten, die man erst beweisen muß? Alles wird nur durch den Glauben wahr. Das ist das große Geheimnis unserer Lehre: Sie ist unbeweisbar. Wehe dem, der an ihr zu rütteln versucht. Die Kaninchen wären die ersten, ihn totzubeißen.«

»Ja, ihr habt es verstanden, ihnen nicht nur das Blut aus den Adern, sondern auch das Gehirn aus dem Kopf zu saugen! Wäre ihr Glaube noch echt! Aber wie sollen sie glauben, wenn ihr es nicht tut!«

Das alte Tier sank unmerklich zusammen und murmelte bekümmert:

»Ich weiß, ich weiß. Sie fangen an, nachzudenken, und das betrübt unser Herz. Vielleicht hat der Große Bat in seiner Weisheit euch beide gerade in diesem Augenblick gesandt, damit wir ihnen einen heilsamen Schrecken einjagen.«

»Was soll das heißen?«

»Man wird euch zur höheren Ehre des Großen Bat bei lebendigem Leibe verbrennen.« Er wandte sich an die Umstehenden. »Was meint ihr dazu?«

Die übrigen Tiere ließen ein zustimmendes Gemurmel hören.

»Man könnte ein paar Kaninchen dazunehmen, die Zweifel an unserer Lehre geäußert haben«, setzte das alte Tier sinnend hinzu.

Bei diesen Worten überkam Swift doch ein gelindes Grauen, aber er ließ sich nichts anmerken und erwiderte spitz:

»Gebietet dir das die Güte und Weisheit des Großen Bat?«

»Wir sind nur Diener an seinem Werk. Es ist sein Wille, den wir vollstrecken.«

Damit erhob sich das alte Tier und wandte sich zum Gehen.

»Halt!« rief Swift, dem die Sache anfing unheimlich zu werden. »Und was wäre, wenn wir eure Bedingungen annehmen würden?«

Der Bat blieb stehen, dachte nach und erwiderte mit Betonung:

»Es könnte eure Lage nur bessern.«

»Ich müßte mich erst mit meinem Freunde besprechen«, sagte Swift rasch.

»Wir werden darüber mit uns zu Rate gehen.« Mit diesen Worten verließen er und die übrigen Tiere den Raum, ohne daran zu denken, Swift wieder zu fesseln.

Eine ihn unendlich lange dünkende Zeit verging, die Swift zwischen Furcht und Hoffnung verbrachte, ehe sich die schwere Klappe abermals auftat. Diesmal war es Gulliver, der erschien, wenn auch von Stricken umwunden. Zwei starke Kaninchen trugen ihn herein und setzten ihn unsanft ab, worauf sie verschwanden.

»Machen Sie mich von diesen verdammten Stricken los, Doktor!« stöhnte er.

»Haben Sie Ihre Pistole bei sich?«

»Sie wird uns wenig nützen, fürchte ich. Der Raum, in dem ich lag, war feucht, und das Pulver wird naß geworden sein. Aber es wird sich schon ein Weg finden, um hier herauszukommen.«

»Viel Zeit haben wir nicht«, bemerkte Swift, den letzten Strick lösend. »Diese Halunken wollen uns bei lebendigem Leibe schmoren.«

»Wir werden schon mit ihnen fertig werden«, entgegnete Gulliver, mit großen Schritten hin und her gehend, um die Steifheit aus seinen Gliedern zu vertreiben.

Mit einem Male hielt er inne und schlug sich gegen die Stirn.

»Ich habe es! Wie konnte ich das nur vergessen! Erinnern Sie sich an den Mauerbrocken, den ich in der großen Halle lostrat und der Ihnen beinahe auf den Kopf gefallen wäre?«

Einen Augenblick betrachtete er die Wände des Raumes, nahm eine Stelle aufs Korn und versetzte ihr dann einen kräftigen Tritt. Das Ergebnis war überraschend. Sie war so bröckelig, daß er mit dem Stiefelschaft fast bis zum Knie hineinfuhr.

»Ich wußte es ja«, rief er aus. »Es ist alles nur hohl!«

Das weitere ging rasch vonstatten. Ein paar Handgriffe genügten, um das Loch zu erweitern, und wenig später befanden sie sich in Freiheit.

Sie beratschlagten noch, welche Richtung sie einschlagen sollten, als Gulliver sich abermals vor die Stirn schlug und mit dem Ausruf: »Der Henker soll mich holen, fast hätte ich das Wichtigste vergessen«, in das Loch zurückkroch. Gleich darauf kam er wieder zum Vorschein, ein Bündel hinter sich herziehend.

»Die Stricke!« rief er halblaut. »Ich wußte ja, ich würde sie auf diesem Planeten finden, wenn ich auch nicht voraussehen konnte, unter welchen Umständen!«

Die tiefe Dämmerung, die auf dem Gestirne herrschte, hatte auch ihr Gutes, denn in ihrem Schutze konnten sie unbemerkt zur ›Stella‹ zurückkehren.

Doch eine neue Überraschung wartete dort auf sie. Das Fahrzeug wurde von Fledermäusen bewacht, die teils in den Bäumen, teils im Tauwerk der Kugel und sogar an der Tür und an den Fenstern hingen.

»Sie scheinen zu schlafen«, flüsterte Gulliver, »wir müssen sehen, sie so zu erschrecken, daß sie Reißaus nehmen, noch ehe sie zur Besinnung kommen. Ich erinnere mich von Neuseeland, daß die Tiere schreckhaft sind und leicht eine Beute ihrer Einbildungen werden. Wir brechen am besten gleichzeitig in Geschrei aus und stürzen auf sie zu, wobei Sie die Schöße Ihrer Soutane hin und her schwenken könnten.«

Swift war von der ihm zugedachten Rolle wenig erbaut, doch sah er die Notwendigkeit ein und alles verlief nach Gullivers Plan. Die Fledermäuse stoben in kopfloser Flucht auseinander oder fielen zu Boden, während andere, vor Schreck wie erstarrt, hängen blieben, so daß Gulliver erst mit dem Bootshaken nachhelfen mußte. Rasch machte er die ›Stella‹ los, und wenig später erhob sie sich in die Lüfte.

Ein paar der kräftigsten Bats verfolgten sie noch eine Zeitlang. Einem gelang es sogar, in ohnmächtiger Wut seinen Unrat auf sie zu entleeren, bis ein wohlgezielter Schuß ihn vertrieb.

Sie beglückwünschten sich, so leichten Kaufes davongekommen zu sein, aber es dauerte eine geraume Zeit, bis sie das Fahrzeug von dem Schmutz und Gestank der Tiere gereinigt hatten.

ZWÖLFTES KAPITEL

Zunächst machte Gulliver sich daran, die schadhaften durch die erbeuteten Taue zu ersetzen, wobei er befriedigt feststellte, daß sie von vorzüglicher Beschaffenheit waren, die Bats demnach wahre Meister im Drehen von Stricken sein mußten.

Danach verlief die Fahrt ohne Ereignis, bis ihnen am westlichen Rande der Milchstraße, etwa hundertachtundvierzig Grad südlich der ›Beteigeuze‹, eine neue Gruppe von Gestirnen mit zahlreichen Monden begegnete. Sie kreiste um eine Sonne von grünlichem Glanz, was besagte, daß sie sich im Zustand der Abkühlung befand.

Auf einem von ihnen, der sich durch eine merkwürdig funkelnde Atmosphäre von den übrigen unterschied, landeten sie, bedauerten jedoch bald danach ihren Entschluß. Obwohl das Gestirn seit langem erkaltet war, bestand der Boden aus einer Masse, die so weich und nachgiebig war, daß sie kaum vorwärts kamen und Mühe hatten, das Gleichgewicht zu bewahren.

Um es vorweg zu nehmen, macht sich ein Teil der Bewohner jenes Planeten diese sonderbare Beschaffenheit für sein Fortkommen zunutze. Sie lassen sich von der elastischen Oberfläche in die Höhe schnellen und legen so im Handumdrehen weite Strecken zurück, für die ein gewöhnlicher Fußgänger mehrere Tage benötigen würde. Sie haben es darin zu einer solchen Fertigkeit gebracht, daß ein bloßes Heben und Senken des Kopfes genügt, um die für den Luftsprung notwendige Verlagerung ihres Körpergewichts zu bewirken. Es kommt allerdings auch vor, daß sie nicht wieder auf ihren Beinen, sondern einem andern Körperteil landen, was bei der Nachgiebigkeit des Bodens jedoch ohne ernste Folgen abgeht. Schon wenig später kann man sie bei neuen, noch kühneren Luftsprüngen bewundern.

Einem andern Teil der Bewohner gereicht die gleiche Eigentümlichkeit der Oberfläche hingegen zum Nachteil. Da sie nicht das Geschick besitzen, sich durch einen bloßen Druck des Fußes in die Luft zu erheben, bewegen sie sich nur langsam und mit größter Vorsicht. Sie haben dafür den Trost, niemals den Boden unter den Füßen zu verlieren und an einer Stelle zu landen, zu der sie eigentlich nicht hin wollten.

Nachdem die beiden Reisegefährten ihrer Gewohnheit gemäß die ›Stella‹ an einem geschützten Ort verankert hatten, machten sie sich auf den Weg zu einer Siedlung, die sie in der Ferne bemerkten. Sie kamen an Feldern und Äckern vorüber, auf denen Rüben, Kartoffeln und Bohnen zu wachsen schienen, jedoch so von Unkraut und Strandhafer überwuchert, daß man sie kaum sah. Alles war vernachlässigt, ebenso wie das Vieh, das hier und da weidete und dem irdischen Rindvieh ähnelte.

Sie hatten mit größter Anstrengung etwa drei Meilen zurückgelegt, als ihnen ein Landbewohner begegnete, der sich kaum von einem Menschen unterschied. Er war dürftig gekleidet und sprach sie sogleich in einer dem Englischen verwandten Sprache an. Seine Züge waren hager und von Sorgen durchfurcht.

Von ihm erfuhren sie, daß sie sich auf einem Gestirn namens ›Besides‹ befanden und daß der größte Teil der Bewohner sich nach ihm ›Besidesen‹ nannte. Sie waren es, die sich vom Boden abschnellen und in Luftsprüngen fortbewegen konnten. Er und seinesgleichen dagegen würden ›Matis‹ genannt und befänden sich in einer dienenden Stellung als Knechte oder Halbpächter.

Auf die Frage, weshalb die Felder so schlecht bestellt seien, erwiderte er, ihre Herren, die in prächtigen Städten lebten, kümmerten sich um nichts, verlangten aber den ganzen Ertrag für sich. Ihnen gehöre der ganze Grund und Boden, und manchmal wüßten sie, die Matis, nicht, woher sie noch Luft zum Atmen nehmen sollten. Unter diesen Umständen könnte es niemanden wundern, daß sie an jeder Arbeit die Lust verlören und sich mit dem begnügten, was sie selbst zum Leben benötigten. Zu allem komme noch die sonderbare Beschaffenheit des Bodens, der sich fortwährend in Bewegung befinde, so daß man nie sicher sei, wo etwas wüchse, und jedenfalls nie dort, wo man gesät habe.

Der Mati lud sie zu einem Imbiß in seiner bescheidenen Hütte ein, doch Swift und Gulliver waren weder hungrig noch durstig und zudem neugierig, die Besidesen kennenzulernen. So ließen sie sich den Weg zur nächsten Stadt zeigen, wobei ihnen der Mati nachrief, sie sollten sich nicht allzusehr über das wundern, was sie zu sehen bekämen, vor allem aber nichts gegen den Kohl sagen, den die Besidesen als Zierpflanze hoch in Ehren hielten, denn darin seien sie sehr empfindlich.

Schon von weitem kündigte sich die Stadt durch mehrere ihrer Bewohner an, welche in hohem Bogen durch die Luft sprangen. Es war das sonderbarste Schauspiel, das man sich denken kann. Scheinbar unvermittelt und ohne einen erkennbaren Anlaß, oft mitten in einer Unterhaltung, taten sie einen Satz vom Grunde, um an einer andern Stelle seelenruhig ihren Spaziergang fortzusetzen.

Auch die sonstige Lebensweise der Besidesen unterschied sich völlig von der aller Lebewesen, die sie bisher getroffen hatten. Jeder Bewohner der Stadt besaß ein Haus, wenn man es so nennen will. Meistens bestand es nämlich nur aus einer Fassade, die zwar mit ihren zahllosen Ornamenten und Schnörkeln einen großartigen Eindruck machte, doch in Wirklichkeit unbewohnbar war. Trat man durch das prächtige Portal in der Erwartung, in einen Palast zu gelangen, so entdeckte man, daß dahinter nur ein paar elende Hütten standen. Sie bildeten die eigentliche Behausung der Besidesen. Jede Hütte war von einem kleinen Garten umgeben, in dem jedoch nicht Blumen, sondern, wie der Mati gesagt hatte, Grün- und Weißkohl von erstaunlicher Größe wuchs. Die Besidesen kannten kein größeres

Vergnügen, als stundenlang im Kreis um ihren Garten zu spazieren und die Kohlbeete zu bewundern.

Fast alle gingen gebückt, was daher kam, daß sie sich in ihren Hütten niemals aufrichten konnten, ohne sich den Kopf an der Decke zu stoßen.

Swift und Gulliver mögen sich eine Woche in der Stadt aufgehalten haben, die nach dem Flusse Cendent, an dem sie lag, ›Trans-Cendent‹ hieß. Da die Bewohner von Natur scheu und mißtrauisch waren, kostete es die beiden Reisegefährten einige Mühe, mit ihnen ins Gespräch zu kommen.

Der erste war ein alter Mann mit schlohweißem Bart und tiefliegenden Augen, der hochmütig die Backen aufblies und mit einem leichten Knall die Luft ausstieß. Die Sprache ähnelte dem Deutschen, dessen beide nicht mächtig waren. Obwohl sie von zahllosen lateinisch und griechisch klingenden Brocken durchsetzt war, gestaltete sich die Verständigung schwierig, aber kaum schwieriger als die der Besidesen untereinander, wovon noch die Rede sein wird.

Zum Zeichen seiner friedlichen Absichten streckte Gulliver dem Alten die Hand hin. Er ergriff sie jedoch nicht, sondern hielt seine Hand, zu Gullivers Überraschung, blitzschnell daneben, nach Art von Kindern, die sich einen Spaß daraus machen. Damit hatten sie diejenige Eigenschaft entdeckt, durch welche die Besidesen sich von anderen Wesen am meisten unterscheiden.

So setzen sie sich niemals auf die Sitzfläche

eines Stuhls, sondern immer daneben. Den damit verbundenen Sturz nehmen sie kopfschüttelnd, aber gelassen hin, so, als fänden sie wieder einmal ihre Anschauungen bestätigt. Wie Swift daraus schloß, lehnten die Besidesen ab, ihre Erfahrung zu Rate zu ziehen, und bestanden darauf, alle Teile ihrer Umwelt dort zu sehen, wo sie nicht waren.

Das gleiche war bei allem der Fall, was sie taten. Schrieben sie Briefe, eine Beschäftigung, die bei ihnen in hohem Ansehen stand, so setzten sie die Feder nicht auf das Papier, sondern daneben. Auch den Brief, wenn man das leere Papier so bezeichnen will, steckten sie nicht in den Postkasten, sondern neben den Schlitz, wo er achtlos zu Boden flatterte. Das störte sie aber in keiner Weise, im Gegenteil, sie waren auf alles dies außerordentlich stolz und zeigten sich von ihren Leistungen hoch befriedigt. Schließlich wunderte Swift und Gulliver nur noch, daß die Besidesen ihre Kleider am Leibe trugen und nicht neben ihnen einher spazierten.

Nachdem sie sich einige Tage in der Stadt aufgehalten und alles nach Gebühr bewundert hatten, machten sie die Bekanntschaft eines Besidesen, der sich auf einem Spaziergang befand. Wie alle seinesgleichen interessierte ihn alles, was imstande war, sich in die Luft zu erheben. So ließ er sich auch die ›Stella‹ und ihre Einrichtungen genauestens erklären, zeigte sich insbesondere über die Schwerelosigkeit der metallenen Kugel sehr befriedigt und lud sie aus Erkenntlichkeit zu einem Essen am nächsten Abend ein, an dem mehrere Freunde teilnehmen würden.

Sie fanden sich pünktlich vor der ihnen angegebenen Fassade ein, mußten jedoch feststellen, daß nicht sie, sondern die daneben gelegene gemeint war. Hinter der reichgeschmückten Fassade stand, wie sie nicht anders erwartet hatten, eine halbverfallene, windschiefe Bude, in der bereits eine stattliche Gesellschaft versammelt war. Überraschenderweise saßen alle auf ihren Stühlen, ohne Zweifel ein Werk der Matis, die bei außergewöhnlichen Anlässen verstehen, ihre Herren nachdrücklich auf ihre Plätze zu setzen.

»Ich möchte schwören«, flüsterte Swift Gulliver zu, »daß die Narretei aufhört, sobald es ans Essen geht«, eine Annahme, die sich als irrig erwies.

Die Unterhaltung war von Anfang an lebhaft, nur konnten die beiden nicht mehr als einzelne Wendungen erhaschen, die immer wiederkehrten, wie zum Beispiel ›begreifliches Sein‹, ›seiendes Begreifen‹, ›begreifendes Zeit-Sein‹, ›Zeit-Sein als unbegreifliche Begreifbarkeit‹ und dergleichen mehr. Da jedes Wort einen andern Sinn zu haben schien als den ihm zukommenden, konnten sie sich des Eindrucks nicht erwehren, daß die Behauptung Chamforts, der von den Basken gesagt hatte, er glaube nicht, daß sie sich untereinander verständen, auch auf die Besidesen zutraf.

Nachdem das Essen aufgetragen war, steckten sich die Besidesen ausnahmslos die Bissen neben den Mund und schütteten den mit reichlich Wasser verdünnten Wein nicht in ihre Kehle, sondern über ihre Kleidung und die ihrer Nachbarn, so daß die aufwartenden Matis alle Hände voll zu tun hatten, ihre Herren, den Tisch und den Fußboden zu säubern.

Nach dem Essen, das alle über Gebühr lobten, bat Gulliver den Hausherrn, ihn an den Ort der Schicklichkeit zu führen, was dieser auch bereitwillig tat. Es dauerte geraume Zeit, bis Gulliver wieder erschien, doch erst auf dem Rückweg zur ›Stella‹ berichtete er, was er gesehen hatte.

Er habe sich nur deshalb an jenen Ort führen lassen, um festzustellen, ob sich die Eigentümlichkeit der Besidesen auch auf diese Verrichtung erstrecke, was tatsächlich der Fall sei. Der Unrat habe nicht weniger hoch gelegen als bei den Fledermäusen, und der Gestank sei noch unerträglicher gewesen, da die Besidesen an Durchfall zu leiden schienen. Darüber sei es zu einem Gespräch mit dem Hausherrn gekommen, in dem er nach vielen Mißverständnissen und Verwechslungen schließlich verstanden habe, daß sie allesamt dem Augenschein mißtrauten und die Wirklichkeit für ein Truggebilde hielten, das nur in ihrer Vorstellung vorhanden sei. Daher seien sie überzeugt, alles nur neben, hinter, unter oder über den Dingen ergreifen zu können, ja sie zweifelten sogar am Vorhandensein ihres Körpers, den sie etwa von der Schulter abwärts als reine Einbildung ansähen.

»Ich begreife nur nicht, wie sie sich bei all dem am Leben erhalten können«, bemerkte Swift.

Die Erklärung war einfach genug. Die Matis hielten, wie ihnen einer von ihnen erläuterte, nicht nur das Gemeinwesen mühsam in Gang und sorgten für die Drucklegung der Bücher, welche die Besidesen unaufhörlich hervorbrächten, sondern führten ihnen auch, wenn sie nicht gerade in der Luft umherhüpften, einen Löffel Brei oder ein Stück Fleisch zu, andernfalls sie längst Hungers gestorben wären. Die Matis seien ihnen auch bei der Vermehrung behilflich, da die Besidesen dabei die gleichen Schwierigkeiten hätten, wie bei allen mit der Materie zusammenhängenden Unternehmungen. Für das alles ernteten sie jedoch keinen Dank, sondern Beleidigungen und Beschimpfungen und noch Ärgeres.

Wie der Mati erklärte, der den Posten eines Bademeisters innehatte und dafür sorgen mußte, daß sein Herr wirklich in die Badewanne stieg und nicht daneben, wären sie alle schon längst nach dem nächsten Monde ausgewandert, wenn dort nicht Lebewesen hausten, die ihnen nicht weniger widerwärtig seien als die Besidesen.

Das erregte die Neugier der beiden. Sie erfuhren auf ihre Frage, daß es sich um ein kleines Gestirn namens ›Tensil‹ handle, was soviel bedeute wie ›Der Stille‹ oder ›Geräuschlose‹ und von den Rumoraken bewohnt werde.

Da er nur eine Tagereise entfernt war und sie glaubten, auf dem Besides alles genügend betrachtet und bewundert zu haben, machten sie kurz entschlossen die ›Stella‹ los und lenkten sie auf den genannten Mond zu.

»Nun, Doktor«, sagte Gulliver, als sie gemächlich an dem großen Tisch der Mittelkabine saßen, »ich meine, daß ich Ihnen bis heute eine recht ansehnliche Anzahl lebender Wesen vorgeführt habe, die sich in mancher Beziehung neben dem Menschen sehen lassen können.«

»Ich kann nicht leugnen, daß es mehr Geschöpfe zwischen Himmel und Erde gibt, als unsere Philosophie sich träumen läßt«, erwiderte Swift. »Aber von Äußerlichkeiten wie Köpfen, Armen und Beinen abgesehen, möchte ich doch bezweifeln, ob sie mit uns verwandt sind. Von den Mnus oder Mecs will ich nicht reden. Nehmen Sie nur diese Besidesen, die noch am ehesten Verstand zu besitzen schienen. Können Sie sich allen Ernstes vorstellen, daß Menschen sich so weit an ihre Wahnvorstellungen zu verlieren imstande wären, daß sie diese für wirklicher als die Wirklichkeit hielten?«

Gulliver sah Swift vielsagend an, doch noch ehe er antworten konnte, waren sie dem Tensil bereits so nahe gekommen, daß er alle erforderlichen Vorkehrungen zur Landung treffen mußte.

Wenn es sich nicht um einen Scherz gehandelt hatte, den sich der Mati mit ihnen erlaubt hatte, so verriet der Name des Mondes, daß seine Bewohner Sinn für Humor besaßen. Schon von weitem ging nämlich ein so wirres Getöse von ihm aus, daß man meinte, sich einem Jahrmarkt zu nähern, und als sie sich in einer Entfernung von etwa zweihundert Meilen befanden, war der

Lärm bereits so unerträglich, daß Swift vorschlug, es bei einer Umkreisung bewenden zu lassen.

Gulliver widersprach – einen solchen Planeten dürfe man sich nicht entgehen lassen, und im übrigen habe er genügend Wachs an Bord, mit dem sie sich die Ohren verstopfen könnten. Damit gab er der ›Stella‹ einen Tritt, und wenig später landeten sie auf besagtem Gestirn.

DREIZEHNTES KAPITEL

Als sie den Fuß auf den Boden setzten, umgab sie zu ihrem Erstaunen völlige Stille. Ganz offenbar waren sie auf einen zurückgebliebenen Teil des Tensil geraten.

Auch die wenigen Leute, denen sie begegneten, ließen nichts von ihrer Eigenart erkennen. Die Geräusche, die sie hervorbrachten, waren von so geringer Lautstärke, daß man sie auch auf jedem andern Planeten hätte antreffen können.

Das änderte sich, sobald sie nach einem längeren Marsch den ersten größeren von Rumoraken bewohnten Ort erreicht hatten.

Swift bemerkte sogleich, daß die Jugend mit Geräten ausgerüstet war, geeignet, jeder etwa drohenden Stille entgegenzuwirken. Es waren Trommeln, Trompeten, Knarren, Pfeifen und anderes, wie Vorrichtungen, mit denen sich Schüsse erzeugen ließen. Wer nichts von alledem besaß, schlug zwei Holzstücke gegeneinander oder schrie oder plärrte, so laut er konnte.

Auch die Erwachsenen taten ihr Bestes. Unter dem Vorwand, zu arbeiten, hämmerten, klopften, klirrten oder klapperten sie mit den sonderbarsten Geräten, unablässig bemüht, so viel Geräusch wie möglich aus ihnen herauszuholen.

In einem bescheidenen Gasthof fanden sie Unterkunft, in der Hoffnung, eine ruhige Nacht zu verbringen. Kaum war jedoch die Dämmerung hereingebrochen, als in nächster Nähe ein kleiner Rumorake mit großer Kunstfertigkeit auf einer Pfeife zu trillern begann, was er fast ohne Unterbrechung und ohne die geringsten Anzeichen von Ermüdung mehrere Stunden fortsetzte.

Gleichzeitig sammelten sich in einem Raum unter ihnen die erwachsenen Bewohner des Ortes, um ihren täglichen Bedarf an Lärm zu dekken. Sie schrieen aus voller Kehle, schlugen mit den Fäusten auf die Tische, stießen die Sitzgelegenheiten gegen den Boden und wetteiferten vor allem darin, die Türen krachend ins Schloß zu werfen. Je weiter der Abend vorrückte, desto größer wurde ihr Bedürfnis nach Lärm. Ließen ihre Kräfte einmal nach, so setzten sie einen Apparat in Bewegung, der in ein donnerndes Pfeifen und Rasseln ausbrach. Die von Gulliver mitgebrachten Wachskugeln erwiesen sich als wirkungslos. Swift war bereit, die Nacht im Walde zu verbringen, und ließ sich von seinem Vorhaben nur durch den Hinweis abhalten, daß auch die Kräfte der Rumoraken einmal erschöpft sein müßten. Hierin irrte er sich, denn nach einer kurzen Pause, die offenbar der Erholung gedient hatte, erhob sich ein vielstimmiges Geschrei, begleitet von einem Krachen, als ginge die Einrichtung in Trümmer. Der Ausbruch schloß mit anhaltenden kreischenden und grölenden Rufen, mit denen sich die Rumoraken eine angenehme Nachtruhe wünschten. Dies konnte jedoch nicht ernst gemeint sein, denn sie sind selbst im Schlaf noch imstande, mannigfaltige Geräusche von erheblicher Stärke zu erzeugen. Dazu wird die kurze Zeit bis zum Morgen durch das Geheul eines von ihnen sehr geschätzten vierbeinigen Tieres ausgefüllt, das die unnatürliche Ruhe bis zu dem Augenblick bekämpft, in dem sie mit frischen Kräften an die Erzeugung des täglichen Lärms herangehen.

Am darauffolgenden Tage begaben sie sich zur Hauptstadt des Planeten, die den Namen ›Fracasson‹ trug und zehn Meilen entfernt war.

Auf dem Wege begegneten ihnen zahlreiche der gleichen blechernen Kästen, die sie bereits vom Tuyo kannten. Hatten sie dort immerhin der Beförderung von Wesen, wenn auch lebloser, gedient, so hier ausschließlich der Erzeugung eines besonderen Knallens und Heulens, das auf andere Weise nicht zu erzielen gewesen wäre. Dies ging schon daraus hervor, daß sie einander ununterbrochen im Wege standen und kaum von der Stelle kamen, wobei die Insassen den Lärm durch Geschrei und Johlen verstärkten.

Die Stadt kündigte sich schon von weitem durch ein donnerndes Brüllen an, das den ganzen Himmelsraum erfüllte und in den Straßen eine solche Stärke erreichte, daß die beiden aufgaben, sich durch Reden verständigen zu wollen, und nur noch die Hände benutzten.

Jedes Geräusch war vertreten, und Swift und Gulliver staunten immer aufs neue über die Erfindungsgabe der Bewohner, die auch den unbedeutendsten Vorgängen, selbst in ihrem Haushalt oder an anderen verschwiegenen Orten, eine überraschende Lautstärke abzugewinnen verstanden.

Was man über die Uneinigkeit lebender Wesen sagen mag, die Rumoraken jedenfalls waren sich einig, nirgends auch nur die geringste Stille zu dulden. Sie bedienten sich jedes Mittels dazu, nicht zuletzt komplizierter Maschinen, die unter fadenscheinigen Vorwänden, wie etwa Straßen zu bauen oder auszubessern, Häuser zu errichten oder Rohrleitungen zu legen, nur dazu dienten, Lärm zu erzeugen. Auch bei Nacht trat nicht etwa Ruhe ein, dafür sorgten schon die Wände ihrer Wohnungen, die so geschickt angelegt waren, daß kein Quentchen Lärm verlorenging.

Wie Gulliver später herausfand, war auch den Rumoraken der Erfolg nicht in den Schoß gefallen. Jahrhundertelang hatten sie sich mit bescheidenen Geräuschen begnügen müssen, sei es eigenen, sei es mit Hilfe einfacher Geräte. Wie allenthalben hatte auch hier der Aufschwung erst mit der Technik eingesetzt und zu einer Steigerung der erzeugten Geräusche um das Acht- bis Zehntausendfache geführt. Schon mahnten einige, die Produktion zu beschränken, predigten aber tauben Ohren, wenn der Ausdruck hier angängig ist.

Um die Zeit, als Swift und Gulliver den Planeten besuchten, stand an der Spitze der Lärmapparate ein kleines Gerät, das jedem zugänglich war und durch einen einfachen Handgriff ermöglichte, Geräusche bis zur Stärke von fünfzig Posaunen auch innerhalb der eigenen vier Wände hervorzubringen. Der Lärm wurde von eigens dazu geschaffenen Zentralen für ein geringes Entgelt selbst über große Entfernungen hinweg geliefert, so daß niemand, und lebte er im hintersten Winkel des Gestirns, vom allgemeinen Fortschritt ausgeschlossen blieb.

Am zweiten Tage ihres Aufenthalts machten sich bei Swift die ersten Anzeichen von Erschöpfung bemerkbar. Dennoch ließ er sich überreden, an einer Veranstaltung teilzunehmen, wie sie in Fracasson allabendlich stattfindet. Etwa fünfzig bis sechzig meist junger Rumoraken versammeln sich, nur um zu schreien und mit den Füßen zu trampeln. Ältere Rumoraken ziehen vor, in Sälen zusammenzukommen, wo ein besonders geschultes Personal stundenlang Lärm für sie ausführt. Sie selbst begnügen sich damit, am Schluß mit den Beinen zu stampfen, die Hände aufeinander zu schlagen, unartikulierte Schreie auszustoßen oder auch zu pfeifen oder ein dumpfes Geheul von sich zu geben.

Auf dem Heimweg in ihre Herberge, den sie noch halb betäubt antraten, hatten die beiden erneut Gelegenheit, die Unermüdlichkeit der Bewohner von Fracasson zu bestaunen. Es gab kein Haus, aus dem es nicht pfiff, dudelte, blies oder trommelte oder auf irgendeine Art tirilierte und quinquillierte, was beileibe nicht der Ausdruck von Fröhlichkeit war, sondern ein Geschäft, dem sie mit geblähten Backen und unter Aufbietung ihrer letzten Kräfte nachgingen.

Am darauffolgenden Morgen erklärte Swift, an Störungen zu leiden und das Bett hüten zu müssen. Gulliver hingegen wollte den Planeten nicht verlassen, bevor er hinter die Bedeutung seiner vorherrschenden Eigentümlichkeit gekommen war, wobei ihn besonders der Zusammenhang zwischen dem allgemeinen Getöse und den öffentlichen Einrichtungen beschäftigte. Wie er sich mit der Bevölkerung verständigte, ist nie ganz geklärt worden. Auf eine diesbezügliche Frage Swifts soll er erwidert haben, alles seinen Beobachtungen zu verdanken. Dies erscheint glaubhaft, denn wäre er auch der Sprache mächtig gewesen, die am ehesten dem Italienischen glich, hätte er bei dem herrschenden Krach keine Silbe verstanden.

Danach gab es auf dem Tensil nicht nur eine Gemeinschaftsordnung mit lokalen und zentralen Vertretungen, sondern auch Ratsversammlungen, Parlamente, Regierungen und politische Parteien. Das alles hätte durchaus den Eindruck geordneter Staatswesen machen können, wäre ihr alleiniger Zweck nicht gewesen, Lärm hervorzurufen.

Werden auf der Erde zum Beispiel alle Stellungen und Ämter ausschließlich nach Wissen und Können besetzt und gelangen auch auf anderen Gebieten wie Kunst und Wissenschaft nur solche Personen zu Bedeutung und Ansehen, die sich durch besondere Leistungen ausgezeichnet haben, kommt es auf jenem Planeten ausschließlich auf die Fähigkeit an, mehr Lärm zu machen als alle andern.

So gilt bei Wahlversammlungen weniger das, was ein Redner zu sagen hat, als die Lautstärke, mit der er es vorbringt. Nur wer seine Gegner an Stimmgewalt übertrifft, kann hoffen, gewählt zu werden. Dieses Verfahren hat ohne Zweifel den Vorzug, daß Schallwellen meßbar sind, was sich von Argumenten nicht sagen läßt.

Das gleiche gilt für alle öffentlichen Versammlungen, bei denen sich die Teilnehmer neben ihrer natürlichen Stimme künstlicher Mittel wie Klappern und Pfeifen und in den Parlamenten auch der Pultdeckel vor ihren Sitzen bedienen. Neuerdings haben einige Regierungen Stimmverstärker eingeführt, die jedoch viel böses Blut gemacht und zur Behauptung geführt haben, damit jede Opposition mundtot machen zu können.

Schon von klein auf wird der junge Rumorake dazu angehalten, Lärm zu erzeugen. Es fällt schwer, das Entzücken zu beschreiben, das jedes Elternpaar beim Gebrüll seiner zahlreichen Sprößlinge überkommt, ist es doch die sichere Gewähr für ihr späteres Fortkommen. Nur durch Geschrei dürfen sie hoffen, einmal zu Wohlstand und Ansehen zu kommen.

Dies und noch mehr berichtete Gulliver nach seiner Rückkehr, stieß bei Swift jedoch nur auf geringes Verständnis.

»Es ist erstaunlich«, setzte er, ganz von seinen Gedanken befangen, fort, »mit welcher Folgerichtigkeit hier eins in das andere greift. Aber den eigentlichen Grund habe ich lange nicht herausfinden können. Was glauben Sie, Doktor, weshalb der Lärm ihr Lebenselement geworden ist, ohne den sie so wenig auskommen können wie Fische ohne Wasser oder Vögel ohne Luft?«

»Vermutlich, weil ihnen allen das Trommelfell geplatzt ist«, erwiderte Swift schwach.

»Weit gefehlt! Der Grund liegt darin, daß sie die Stille, die früher auf ihrem Gestirn geherrscht hat und der es seinen Namen verdankt, nicht ertragen konnten. Sie muß so unheimlich gewesen sein, daß selbst Wesen mit stärkeren Nerven daran zugrunde gegangen wären. Dieser Stille waren sie nicht gewachsen, und da sie von Natur eine schwache, fast tonlose Stimme haben, mußten sie zu künstlichen Mitteln greifen, um ihre Unvollkommenheit auszugleichen.«

»Muß es denn aber gleich soweit gehen, daß einem der Kopf springt?«

»Es ist bekannt, daß keine Entwicklung bei ihrem ursprünglichen Ziel haltmacht, sondern darüber hinausgeht, ja sich am Ende in ihr Gegenteil verkehrt.«

»Schon gut, schon gut! Ich begreife nur nicht, wie sie das selber aushalten«, sagte Swift und deutete auf Wände, Fußboden und Decke des

Zimmers, aus denen ohne Unterbrechung rasselnde, dudelnde, klappernde und miauende Geräusche drangen.

»Sie irren sich. Kein Rumorake glaubt, daß es bei ihnen laut zugehe oder er selber Lärm mache. Ganz im Gegenteil, er ist überzeugt davon, daß es in der ganzen Welt keinen stilleren Platz gibt als sein Gestirn.«

»Dann sind sie allesamt nicht mehr ganz bei Verstand.«

»Das trifft allerdings zu. Fast alle leiden, wie ich als Arzt beobachten konnte, an einem sonderbaren Zittern der Hände, an leichtem Fieber, Schweißausbrüchen und Gedächtnisschwäche, für die sie keine Erklärung finden. Sie versuchen sich mit allerhand Mitteln zu kurieren, aber umsonst. Es gibt keine Mittel dagegen, denn die wahre Ursache ihrer Krankheit sind sie selbst.«

Für Swift war dies ein Grund mehr, auf der Abreise zu bestehen, die auch am gleichen Abend erfolgte.

Obwohl sie sich rasch von dem Tensil entfernten, schien der Lärm eher zuzunehmen. Außer den üblichen Geräuschen hörten sie jetzt auch noch das Krachen von Böllern, das Knallen von Schüssen und ein Gedonner, als sei ein Krieg ausgebrochen; denn auch die Rumoraken führen ab und zu Krieg gegeneinander, wenn auch nur, um noch mehr Lärm zu erzeugen.

VIERZEHNTES KAPITEL

Swift war des Reisens nachgerade müde und meinte, wie weiland Kant, es sei nun Zeit, umzukehren, obwohl dieser nur bis zum nächsten Bierdorf gekommen war.

Gulliver hatte nichts dagegen einzuwenden, schon weil die Vorräte und auch der Sherry zur Neige gingen und sich ein starker magnetischer Strom anbot, der sie geradenwegs zwischen dem ›Orion‹ und der ›Andromeda‹ zur Erde hätte zurückführen können.

So wären sie wohl schneller, als man gemeinhin denkt, wieder in London gewesen, hätte sie ein Planet durch sein sonderbares Verhalten nicht vom Kurs abgelenkt. Bei seiner Drehung nämlich schwang der größere Teil seiner Masse um den kleineren, wobei er überdies ab und zu mit einem Ruck stehenblieb. Das geschah in so unregelmäßigen Abständen, daß Swift und Gulliver sich fragten, wie seine Bewohner, falls es sie gäbe, unter solchen Umständen ihr Gleichgewicht bewahrten. Dabei nahmen sie an, daß jedes Lebewesen sich den Bedingungen seiner Umwelt anzupassen versucht. Auf jenem Planeten war das jedoch nicht der Fall, denn selbst auf die Gefahr hin, sich ernste Verletzungen zuzuziehen, bediente man sich dort zur Fortbewegung hoher Stelzen, weshalb sich die Bewohner auch ›Stiltonen‹, zu deutsch Stelzengeher, nannten.

Dies und wie es zu dieser Sitte gekommen war,

erfuhren sie von einem Manne, der von dem nächstgelegenen Monde stammte und sich geschäftehalber auf dem Planeten aufhielt.

Wahrscheinlich, meinte er, seien sie von Natur kurzbeinig geraten und hätten versucht, auf diese Weise größer zu erscheinen. Jedenfalls gelte es seit altersher bei ihnen als Schande, den Boden mit den Füßen zu berühren. Davon ausgenommen seien nur die Ärmsten und die, welche niedrige Arbeiten verrichten müßten.

Der Mann begleitete sie in die nächste Stadt und versprach, ihnen alles so genau zu erklären, wie er es selber verstände.

Sie war von Stiltonen aller Art erfüllt, die, abgesehen von ihrem etwas einfältigen Ausdruck, ein durchaus menschliches Aussehen besaßen und auf langen Stelzen umher stolzierten, die wenigstens zehn Fuß maßen. Es mußte kein leichtes Stück Arbeit sein, doch handhabten sie ihre Gehwerkzeuge mit größtem Geschick, besonders wenn es galt, um eine Ecke zu biegen oder einen Graben zu überqueren. Es gab auch welche, die keine Stelzen besaßen. Diese schoben ein kleines Podest oder einen niedrigen Schemel vor sich her, auf welche sie sich bei jeder Gelegenheit stellten.

Wenn der Planet mit einem Ruck anhielt, stürzten alle zu Boden, wobei sie je nach der Länge ihrer Stelzen mit Prellungen oder Abschürfungen davonkamen oder sich das Genick brachen. Kaum setzte sich der Planet wieder in Bewegung, kletterten alle auf ihre Stelzen, ohne sich weiter um die Unglücklichen zu kümmern, die ihren Sturz mit dem Leben bezahlt hatten.

»Anscheinend ist hier niemand gewillt«, bemerkte Swift, nachdem sie eine Weile dem Schauspiel zugesehen hatten, »aus der Erfahrung zu lernen. Ohne Stelzen kämen sie zweifellos rascher voran und noch dazu ohne Gefahr.«

Wenn es nur das wäre, sagte der Mondbewohner, aber sie hätten noch nicht einmal an den blutigen Nasen und Knochenbrüchen genug, die sie ihrem Planeten verdankten.

In der Tat bemerkten Swift und Gulliver bald, daß sich diejenigen, die nur niedrige Stelzen besaßen, von hinten an die mit höheren Stelzen heranmachten, um sie zu Fall oder wenigstens aus dem Gleichgewicht zu bringen. Die Angegriffenen setzten sich zur Wehr, und so kam es fortgesetzt zu Prügeleien, bei denen alle von den Stelzen fielen.

Da die beiden dies nicht verstehen konnten, mußte der Mondbewohner es ihnen erklären.

Früher, als es noch einen König gegeben habe, sei alles genau nach Rang und Vorschrift gegangen. Es sei auch damals schon zu Intrigen und Bestechungsaffären um die Länge der Stelzen gekommen, aber im allgemeinen habe sich jeder mit denen begnügt, die ihm zustanden.

Selbstverständlich hätten der König und der ganze Hof die längsten Stelzen gehabt, ausgenommen die Königin, die mit Rücksicht auf ihre zahlreichen Schwangerschaften in einer hohen Sänfte mitgeführt worden sei. Darauf seien der

Adel, die Geistlichkeit, die Würdenträger und Beamten des Staates und schließlich das Bürgertum nach Vermögen und Einfluß gekommen. Auch den Vertretern von Wissenschaft, Kunst und Literatur hätten Stelzen zugestanden. Mit ihnen habe man aber immer Schwierigkeiten gehabt, weil es für sie an einem genauen Metermaß fehlte, und daher habe unter ihnen immer nur Neid und Zank geherrscht.

Auch die gesamte Armee und die Stäbe seien auf Stelzen gegangen, doch würden sie von den Offizieren aufwärts heute nur noch im Frieden benutzt, nachdem es im letzten Kriege zu einem peinlichen Vorfall gekommen sei. Infolge ihrer hohen Stelzen hätten sich die Offiziere bereits nahe am Feind befunden, als von der Infanterie noch nicht die Helmspitzen zu sehen waren. Um sich der Gefangennahme zu entziehen, hätten die Offiziere kurzerhand ihre Stelzen fortgeworfen und seien davongelaufen. Die Stiltonen hätten den Krieg zwar gewonnen, aber das Offizierkorps trage noch heute an der Schande, den Boden mit den Füßen berührt zu haben.

Gulliver, der, wie wir wissen, für militärische Fragen eine Vorliebe hatte, erkundigte sich auch diesmal, was zum Kriege geführt habe, und erhielt zur Antwort, es sei, wie nicht anders zu erwarten, die Länge der Stelzen gewesen, allerdings die des Nachbarstaates. Dieser habe sich erdreistet, längere Stelzen zu benutzen als die Stiltonen, und bei Staatsbesuchen und offiziellen Empfängen unmißverständlich auf sie heruntergesehen. Bei ihrem ausgeprägten Gefühl für die Länge ihrer Stelzen sei dies für die Stiltonen Grund genug gewesen, den Krieg zu erklären. Er habe zwar viel Blut und Opfer gekostet, aber das sei reichlich durch den Sieg belohnt worden, der dem Feind nur noch die bloßen Füße zum Laufen gelassen habe.

Ob es, warf Swift ein, nicht auch Einsichtige unter den Stiltonen gebe, die für die Abschaffung oder wenigstens Verkürzung der Stelzen einträten, wie sich doch in jeder Gemeinschaft Gegenkräfte bildeten, wenn Einrichtungen anfingen zu einer öffentlichen Gefahr zu werden.

Ohne Zweifel gebe es die, erwiderte ihr Begleiter, aber wenn sie nicht selber auf Stelzen gingen, schenke ihnen niemand Gehör; benutzten sie aber welche, werfe man ihnen Unaufrichtigkeit vor. Einige von ihnen seien sogar vor die Richter des Staatsgerichtshofs, welche auf besonders hohen Stelzen gingen, gestellt und zu schweren Strafen verurteilt worden.

Seit Bestehen der Republik hätten sich die Sitten etwas gelockert, aber das Volk sei beileibe nicht einsichtiger oder weniger unbelehrbar geworden. Die Torheit und Anmaßung weniger sei heute die Torheit und Anmaßung aller. Früher hätten die Stelzen immerhin noch als Auszeichnung für bestimmte Verdienste und Leistungen gegolten, heute komme es nur noch auf ihre Länge an. Davon machten auch die Frauen keine Ausnahme, im Gegenteil. Mit der ihrem Geschlecht eigenen Verschlagenheit täten sie alles, um sich lange Stelzen zu verschaffen, damit sie auf ihre Geschlechtsgenossinnen herabsehen könnten.

Demnach, warf Swift ein, scheine sich unter den Bewohnern dieses Gestirns ein besonderer Trieb herausgebildet zu haben, der stärker als alle anderen sei und selbst als der, welcher auf die Erhaltung des Lebens gerichtet sei.

Dem stimmte der Mondbewohner zu und führte als Beispiel an, daß schon mancher Stiltone sein Leben nur aus dem Grunde geopfert habe, um als Abbild auf einem besonders hohen Sockel zu stehen.

Ob sich nicht viele, bemerkte Gulliver, diese Zustände zunutze machten, um zu betrügen oder sich unerlaubte Vorteile zu verschaffen?

Das sei in der Tat so, entgegnete ihr Begleiter. Alle sähen nur noch auf die Stelzen und nicht mehr auf den, der darauf stehe. Dabei sei es gleichgültig, wie man dazu gekommen sei. Alles in allem sei es aber doch eine recht beschwerliche Sache. Er habe oft beobachtet, daß besonders hochgestellte Stiltonen, die am Morgen mit Hilfe der Dienerschaft und der ganzen Familie auf ihre Stelzen gehoben worden seien, am Abend kaum gewagt hätten, wieder herunterzusteigen, und oft die halbe Nacht in ihrer gefährlichen Lage hätten zubringen müssen. Aber offenbar gäbe es nichts, was sie von ihrem Brauch abbringen könne. Neuerdings seien sogar Haus-Stelzen aufgekommen, die sie in ihren Wohnungen benutzten, und die namentlich von solchen bevorzugt würden, die im öffentlichen Leben nicht recht vorwärts kämen.

Kurz bevor sie die Stadt verließen, ereignete sich ein Verbrechen, das Swift später für erwähnenswert hielt, weshalb auch wir es unsern Lesern nicht vorenthalten wollen.

Ein junger Mensch hatte einen höheren Staatsbeamten erschlagen, um sich in den Besitz seiner besonders langen Stelzen zu setzen. Vor Gericht stellte sich heraus, daß er damit gar nichts anfangen konnte, ja daß er überhaupt nicht verstand, auf Stelzen zu gehen. Nach dem Grund seiner Tat befragt, gab er an, es sei schon immer sein sehnlichster Wunsch gewesen, einmal in seinem Leben so lange Stelzen sein eigen zu nennen. Aber er habe nicht hoffen können, je welche zu bekommen. Das Gericht zeigte volles Verständnis für seine Tat, mußte ihn aber auf Grund der geltenden Gesetze zum Tode verurteilen, wobei es Sorge trug, ihm die bürgerlichen Ehrenrechte nicht abzuerkennen. Swift bemerkte dazu, der Mensch hätte besser getan, die Stelzen zu zerhacken und als Brennholz zu verheizen, dann hätte er wenigstens etwas davon gehabt und zugleich das ›corpus delicti‹ beseitigt. Man darf daraus schließen, daß Swift nicht das rechte Verständnis für die Ideale aufbrachte, die auf jenem Planeten herrschten, und nur so sind auch seine Worte zu verstehen, mit denen er die Stiltonen verließ, nämlich, sie könnten sich von ihm aus samt und sonders bei der nächsten Gelegenheit die Hälse brechen, da sie es nicht anders haben wollten.

Zum Bedauern der beiden verließ sie der

Mondbewohner, da er noch einige Geschäfte zu erledigen hatte. Dabei verriet er ihnen, daß die Stelzen auf seinem Monde angefertigt würden, schon weil es bei den Stiltonen nicht genug Holz gäbe, um die steigende Nachfrage zu befriedigen. Da sie von diesem Gewerbe nicht schlecht lebten, hüteten sie sich auch, die Stiltonen von ihren Vorstellungen abzubringen, auch wenn sie selbst sie für närrisch hielten.

Auf ihre Frage, ob es auf dem Planeten noch etwas gäbe, was des Ansehens wert sei, empfahl er ihnen den Besuch einer Stadt auf dem kleineren Teil. Sie sei zwar auch außerhalb des Mittelpunktes gelegen, leide aber nicht so stark unter den jähen Sprüngen des Gestirns. Sie heiße ›Zanolbo‹ und ihre Bewohner ›Zanolbohnen‹ und sei für den hohen Stand ihrer Kunst und Kultur berühmt.

Sie bedankten sich für den Rat, verabschiedeten sich und trafen nach Überquerung eines mächtigen Gebirges noch am gleichen Tage in der Stadt ein, die schon von weitem an dem dichten Nebel zu erkennen war, der über ihr lag.

In dem Gasthaus, in dem sie einkehrten, um sich zu stärken, bemerkten sie gleich, daß bei den Speisen mehr auf deren geistige Bedeutung als auf Menge und Schmackhaftigkeit gegeben wurde. Swift mußte fluchend sein letztes Goldstück herausrücken, wollte dafür aber wenigstens von der Bedienerin wissen, was es in der Stadt an weiteren Sehenswürdigkeiten gäbe. Das Mädchen, dem man den hohen Grad ihrer Bildung unschwer vom Gesicht ablas, gab ihnen auch bereitwillig Auskunft, doch gelangten sie nach ihren Weisungen erst auf einen Viehmarkt und danach in ein Freudenhaus, ehe sie durch Zufall eine Kunstausstellung entdeckten, die soeben eröffnet worden war.

Das Eintrittsgeld kostete Swift seine letzte halbe Krone. Dafür sahen sie, daß die Wände des Saales von zahllosen leeren Rahmen bedeckt waren. Vor einem hatte sich eine kleine Menge versammelt, die sich von einem älteren Herrn die Komposition, die Leuchtkraft der Farben und den tiefen Sinn des Gegenstandes erklären ließ, den das Bild darstellte. Gulliver wandte sich mit der Frage an ihn, wo eigentlich das Bild sei, er sehe beim besten Willen nur einen Rahmen. Der Herr musterte ihn mißbilligend, ehe er erwiderte, er sei wohl Ausländer oder verstehe nichts von Kunst, was das gleiche sei. Als Gulliver seine Frage laut wiederholte, entstand Tumult, und da auch Drohungen gegen die beiden ausgestoßen wurden, zogen sie vor, das Weite zu suchen.

Auf einem Platze, nach einem Denkmal benannt, das dort nicht stand, konzertierte eine Kapelle in prächtigen Kostümen, ohne daß das geringste an Musik zu hören war. Das hinderte die dichtgedrängten Zuhörer nicht, am Schluß in stürmischen Beifall auszubrechen.

In einer Zeitung, die sie unterwegs erstanden, hofften sie, weitere Hinweise auf das Kulturleben von Zanolbo zu finden, konnten aber nur die Ankündigung der Geburt eines Kalbes mit zwei

Köpfen und die Anzeige des überraschenden Todes einer Neunundneunzigjährigen entdecken, im übrigen bestand die Zeitung aus weißem Papier.

Den Abend verbrachten sie in einem Theater, nachdem Gulliver noch einige Silbermünzen bei sich gefunden hatte. Aber von dem Augenblick, an dem sich der Vorhang hob, bis zu dem, an dem er fiel, ließ sich kein Schauspieler auf der Bühne blicken. Trotzdem brach das Publikum über zwei Stunden lang in Gelächter, Rufe der Überraschung und Anzeichen tiefer Anteilnahme aus. Viele weinten, und eine Frau neben Swift regte sich so auf, daß sie in Ohnmacht fiel.

Da sie kein Geld mehr hatten und befürchteten, in einem Gasthof an die Wand gemalte Betten zu finden, brachten sie die Nacht in der ›Stella‹ zu.

Am folgenden Tage suchten sie eine Buchhandlung auf, in der Hoffnung, dort Näheres über das Geistesleben der Stadt zu erfahren. Alle Bücher, die sie zur Hand nahmen, bestanden außer dem reichgeschmückten Einband aus leeren Seiten.

Sie faßten sich schließlich ein Herz und fragten einen jungen Verkäufer, der ihnen auch bereitwillig Rede und Antwort stand.

Es gäbe, erklärte er, in Zanolbo ein Gesetz zur Erhaltung der Eigenart ihrer Bürger, das sie vor allen fremden Einflüssen schütze und ihnen bei strenger Strafe verbiete, ihr Denkvermögen über ein festgesetztes Maß hinaus zu mißbrauchen.

Dadurch würde jede Beunruhigung oder Erregung von der Stadt ferngehalten. Weiter sei ihnen der Umgang mit Personen verboten, die nicht wenigstens zweihundert Jahre ortsansässig seien, und vor allem mit Ausländern, wobei unter Ausland alles gemeint sei, was außerhalb der Stadt liege. Dies sei nur erlaubt, wenn man sich ihres Eigentums bemächtigen könne. Er brauche kaum zu erwähnen, schloß der junge Mann, daß sich niemals ein Verstoß gegen dieses Gesetz ereignet habe und es insbesondere keinem Fremden je gelungen sei, von seiner mitgebrachten Barschaft auch nur das geringste mit sich zu nehmen.

Da sie diesbezüglich keine Schwierigkeiten zu befürchten hatten, verließen die beiden leichten Herzens Zanolbo, bestiegen die ›Stella‹, die sie der Vorsicht halber hinter einem Hügel versteckt hatten, und sahen ohne Bedauern den Planeten mit der exzentrischen Achse unter sich verschwinden.

FÜNFZEHNTES KAPITEL

Nach kurzer Zeit hatten sie auch diesen Teil des Weltraums verlassen, und Swift bestand nun ernstlich darauf, zur Erde zurückzukehren. Sollte sie sich einmal entvölkern, so gebe es, wie er sich überzeugt habe, genug menschenähnlicher Wesen im Weltall, um für alle Zeiten den Bedarf an Gewalt, Niedertracht und Überheblichkeit zu decken.

So lenkte Gulliver die ›Stella‹ zu einem neuen magnetischen Strom, der am Sternbild des ›Großen Bären‹ vorbei die Richtung auf unser Sonnensystem zu nehmen schien.

Sie befanden sich in Sichtweite des ›Uranus‹, und Swift packte bereits seine Habseligkeiten in den schweinsledernen Koffer, als Gulliver mit den Worten eintrat:

»Ich habe im Heckraum etwas entdeckt, das meiner Meinung nach geeignet ist, unsere naturwissenschaftlichen Beobachtungen zu ergänzen, und sicherlich auch Ihre Aufmerksamkeit verdient.«

Es war eine Ansammlung von Lebewesen in der Ecke eines Fensters, die so klein waren, daß Swift ein Vergrößerungsglas zu Hilfe nehmen mußte, um sie überhaupt zu sehen. Sie besaßen einen winzigen Kopf mit dunklen Augen, wohlgeformte Gliedmaßen und bewegliche Greiforgane, mit denen sie sich auf einer Fläche, nicht viel größer als ein Handteller, aus Staub und Schmutz eine Kolonie geschaffen hatten. In ihr ließen sich deutlich Wege wie Haupt- und Nebenstraßen mit Plätzen erkennen, auf denen sie zusammenkamen, und Behausungen, in denen sie auf ihre Art ihr Leben verbrachten, das nur von kurzer Dauer war. Wie Swift mit einem Blick auf seine Uhr feststellte, wurden sie bereits wenige Minuten, nachdem sie sich auf die Beine erhoben, einen Schlupfwinkel gebaut und sich fortgepflanzt hatten, müde, krochen noch eine Weile herum und streckten bald alle vier oder sechs

Glieder von sich. So folgten sich innerhalb der zwanzig Minuten, in denen die beiden verwundert dem emsigen Treiben zusahen, nicht weniger als vier Generationen.

»Was soll das nun?« sagte Swift, die Uhr sorgsam wieder zu sich steckend. »Auf den ersten Blick erscheinen sie ungemein geschäftig. Sieht man aber näher zu, entdeckt man viele, die regungslos da sitzen, als seien sie von Untätigkeit oder Langeweile gelähmt. Müssen nach all dem Gewimmel da draußen mit seinen Millionen von Gestirnen auch noch auf dieser schmutzigen Scheibe winzige, unnütze Wesen entstehen! Was ist das für eine unheimliche, ja erbarmungslose Kraft, die alles in ihren Strudel hineinreißt und Wesen zu einem Dasein zwingt, das sie nicht gewollt haben und mit dem sie nicht einmal etwas anzufangen wissen?«

»Ich meine«, erwiderte Gulliver, »auf dem Tuyo hätten Sie schon die Antwort auf Ihre Frage erhalten. Woher dieser unaufhaltsame Strom von Leben kommt, der alles ohne Aufhören verwandelt, werden wir, glaube ich, nie ergründen. Aber was Ihnen als unnütz und von kurzer Dauer erscheint, bedeutet für diese winzigen Wesen ihr ganzes Leben. Angesichts eines Ablaufs, der keinen Anfang und kein Ende hat, ist alles gleich lang, und in einer unmeßbaren Welt alles gleich groß. So wie der Mensch, wenn auch widerwillig, gelernt hat, die Erde nicht mehr als Mittelpunkt zu betrachten, um den sich alles dreht, sollte er endlich begreifen, daß er nicht das Maß aller

Dinge ist. Vielleicht würde er anfangen zu begreifen, was um ihn herum vorgeht.«

»Spiegelfechtereien«, sagte Swift, der nichts von den philosophischen Spekulationen seines Gefährten hielt. »Es muß einen Kern der Dinge geben, der sich mit dem Verstand erkennen läßt.«

«Damit dürfte es Ihnen nicht anders ergehen als mit einer Zwiebel. Unter jeder Haut, die Sie abziehen, kommt eine neue zum Vorschein, und in der Mitte ist sie hohl.«

»Ist das alles, was bei Ihren Berechnungen herausgekommen ist? Ein etwas mageres Ergebnis für soviel Arbeit, finden Sie nicht auch?«

»Als ob es auf ein Ergebnis ankäme!« Damit packte Gulliver seine mit Zahlen bedeckten Papiere zusammen. »Wenn man nur lebte, um am Ende ein Ergebnis nach Hause zu tragen, brauchte man gar nicht erst anzufangen. Das Leben ist kein Rechenexempel.«

»Dann ist mir der Glaube lieber!« rief Swift. »Da weiß man doch, woran man sich halten kann.«

»Ich kann Ihnen nicht ganz unrecht geben, aber ich würde doch nicht so sicher sein. Schließlich tauscht man auch dabei nur eine Unbekannte gegen eine andere ein.«

Kurze Zeit später begab sich Swift in den Heckraum, um nach den winzigen Wesen zu sehen. Sie waren verschwunden, und nur etwas zusammengewehter Staub und ein paar leere Larven erinnerten an sie.

»Eheu fugaces . . .«, murmelte er und nahm eine Prise, was er selten tat.

Unterdessen eilte die ›Stella‹ der Erde entgegen, die im Teleskop bereits als kleine rötliche Scheibe erschien.

Gulliver hielt sich die ganze Zeit im Heckraum auf, da er eine Abweichung im Kurs um zwölf Grad Nord-Ost-Nord bemerkt haben wollte, während Swift es sich in seiner Koje bequem machte.

Er muß dabei eingeschlafen sein, denn mit einem Male erschien vor seinem Auge die Erde größer und näher, als sie in Wirklichkeit war. Wie der Mond zu Beginn ihrer Reise stand sie als graue Wand vor ihm, in der er deutlich ringförmige Gebirge erkennen konnte, die von einem stechenden grünlichen Licht beschienen waren. Anstelle der Meere gähnten nachtschwarze Abgründe, und was einmal Kontinente gewesen sein mochten, sah aus wie das kalkweiße Gebein eines Schädels.

Während er noch grübelte, was hier geschehen sein mochte, trat Gulliver neben ihn.

»Haben Sie sich nicht im Kurs geirrt?« hörte er sich fragen. »Das kann unmöglich die Erde sein.«

Aber Gulliver nickte nur und verschwand.

Gleich darauf sah Swift die Erde unmittelbar unter sich. Die ganze Oberfläche war, soweit seine Blicke reichten, von kraterartigen Gebilden bedeckt, die einen furchtbaren Verdacht in ihm aufsteigen ließen.

Noch ehe er das Bild in seiner ganzen Trostlosigkeit in sich aufgenommen hatte, setzte die

›Stella‹ am Boden auf, und vor Erregung bebend sprang er hinaus.

Ein Geruch von Öde und Verlassenheit schlug ihm entgegen. Der Boden war wie verbrannt und ohne eine Spur von Leben. Kein Laut war vernehmbar und alles in ein unheimliches Licht getaucht, das kaum Schatten warf.

»Das kann nicht die Erde sein«, wiederholte er und ließ sich auf einen Brocken von hartgebranntem Lehm nieder.

Dann stand Gulliver wieder neben ihm.

»Sie haben versprochen, mich auf dem Dach in der Bury Street abzusetzen«, sagte Swift.

»Das dürfte hier sein, oder zumindest muß es sich hier befunden haben. Daß von dem Dach so wenig vorhanden ist wie von der Straße, ist nicht meine Schuld.«

»Was wollen Sie damit sagen?«

»Da unten floß einmal die Themse«, setzte Gulliver fort und wies nach einem Abgrund, der sich im Dunkel verlor. »Und dort drüben lag Chichester.« Damit zeigte er auf eine Reihe zerfressener Klippen jenseits des Abgrundes.

»Sagen Sie mir um Gottes willen, was sich hier ereignet hat? In der kurzen Zeit, in der wir fort waren, kann sich nicht alles bis zur Unkenntlichkeit verändert haben?«

Gulliver verzog sein Gesicht zu einem undeutbaren Lächeln. »Ist Ihnen die Zeit so kurz erschienen? Am Dasein der Erde gemessen war es allerdings nur der Bruchteil eines Augenblicks.«

Swift verstand, daß es eine sehr lange Zeit gewesen sein mußte, aber er war außerstande, die Bedeutung des Gesagten zu erfassen.

Da fiel sein Blick auf eine Glasscherbe, die halbzerschmolzen aus dem Boden sah. Er nahm sie auf und führte sie an die Nase. Ein unverkennbarer Geruch von Branntwein ging von ihr aus. Es war ein Überbleibsel der Flasche, mit der sein Diener Patrick seinen Vorrat aus einer der benachbarten Schenken mit nach Hause zu bringen und unter dem Bettsack zu verstecken pflegte. Swift hatte sie oft genug in der Hand gehabt und sich dabei geärgert. Kein Irrtum war möglich – hier hatte London und sein Haus gestanden, das war die Erde oder das, was die Menschen aus ihr gemacht hatten. Und eine grenzenlose Verzweiflung überkam ihn.

»Gulliver, Gulliver!« schrie er so laut er konnte, wobei er bemerkte, daß er seinen Gefährten zum ersten Male mit Namen nannte.

Im gleichen Augenblick erwachte er von einem Stoß, dem ein Knirschen folgte, worauf Stille eintrat.

Draußen war Nacht. Nur der matte Schein einer Straßenlaterne erhellte die Kajüte. Swift stand auf und trat an das Fenster. Undeutlich sah er ein paar Schornsteine vor sich. Er öffnete das Fenster, und ein unverkennbarer Geruch von Salz, Teer und faulen Fischen schlug ihm entgegen. Es konnte kein Zweifel bestehen, daß sie sich in London befanden und dem Augenschein nach auf dem Dach seines Hauses in der Bury-Street.

Darüber, wie sich der Abschied vollzog, liegen mehrere, einander widersprechende Berichte vor.

Nach der Darstellung von Arbuthnot soll Swift sich den Koffer von Gulliver bis in sein Zimmer haben tragen lassen, wo beide noch einige Flaschen Portwein leerten. Dabei hätte Gulliver mehrmals Swift nahegelegt, nichts von ihren Abenteuern verlauten zu lassen, insbesondere nichts von dem bei den Fledermäusen. Er mache sich dadurch nur bei seinen geistlichen Vorgesetzten mißliebig, alles andere werde ihm doch niemand glauben.

John Gay hingegen stellte es so dar, als seien sie gar nicht in London, sondern auf der Heide von Hunslow gelandet und von Wegelagerern überfallen worden, was Swift vollends davon überzeugt habe, wieder auf der Erde zu sein. Aber Gay besaß bekanntlich eine aufs Kriminelle gerichtete Phantasie, wie dies ja auch die Plagiatsaffäre beweist, in die er dreihundert Jahre später wegen seiner ›Beggar's Opera‹ verwickelt wurde.

Pope schließlich weiß zu berichten, daß Swift kaum seinen Koffer genommen und den Fuß auf das Dach gesetzt hätte, als die ›Stella‹ auch schon im Dunkel der Nacht verschwunden sei – was das wahrscheinlichste sein dürfte.

SECHZEHNTES KAPITEL

Somit hätten auch die Begebenheiten ihr Ende gefunden, von denen dies Buch berichtet hat, doch wenn der Leser, der uns bis hierher gefolgt ist, glaubt, es erleichtert aus der Hand legen zu können, so müssen wir ihn enttäuschen.

Wir sehen uns nämlich außerstande, den Bericht des Wirtes der ›Seamaid‹ zu unterdrücken, eines gewissen Josiah Medlum, der bei einer der letzten Zusammenkünfte des ›Scriblerus Club‹ an dem historischen Ecktisch bediente und jedes dort gesprochene Wort mit anhörte. Anschließend teilte er das Gehörte einem Herrn William Sympson mit, einem Vetter des Herrn Lemuel Gulliver, der sogleich Sorge trug, es zu Papier zu bringen.

Nach diesem Bericht, der erst unlängst an den Tag gekommen ist und bereits zu lebhaften Kontroversen geführt hat, nahmen außer Swift die Herren Pope, Gay, Arbuthnot und Hogarth an der Zusammenkunft teil, bei der, wie Medlum behauptet, innerhalb von fünf Stunden dreizehn Flaschen spanischen Süßweins geleert worden seien, mit dem Versprechen, sie das nächste Mal zu bezahlen. Die meiste Zeit habe Swift das Wort geführt und von einem Planeten erzählt, den er besucht haben wollte und dessen menschenunwürdige Zustände sich ihm besonders eingeprägt hätten.

Doch lassen wir ihn selbst sprechen, wie es sich aus dem Bericht des genannten Medlum ergibt.

»Es war gegen Ende unserer Reise, als wir auf einem Gestirn mittlerer Größe landeten, in der Annahme, unsere Wasservorräte ergänzen zu können. Das traf auch zu, denn das Gestirn war sehr wasserreich und von großer Fruchtbarkeit. Es beherbergte viele Lebewesen, die zu unserer Verwunderung keine Scheu zeigten und bei unserem Anblick nicht die Flucht ergriffen.

Danach taten wir uns noch ein wenig um und entdeckten, daß es auch zweibeinige, aufrecht gehende Wesen dort gab, die sich einer Sprache bedienten, die dem Holländischen glich, obwohl sie im übrigen den Eindruck machten, als wüßten sie ihren Verstand zu gebrauchen. Im ganzen standen sie jedoch auf einer so niedrigen Stufe der Entwicklung und entbehrten so sehr aller Einrichtungen und Errungenschaften, die den Menschen auszeichnen, daß es mir ganz unmöglich war, sie als solche zu bezeichnen.

Sonderbar schien uns, daß sie weder Geld noch sonstige Tauschmittel kannten, ja nicht einmal wußten, was Eigentum, Erwerb und Gewinn war, so daß wir es schwer hatten, uns diesbezüglich mit ihnen zu verständigen.

Die ersten, denen wir begegneten, arbeiteten auf einem Felde, das sie ohne die Hilfe von Tieren mit der Hand bestellten.

Als wir sie fragten, wem das Feld gehöre und wieviel Lohn sie bekämen, behaupteten sie, alles Land auf ihrem Planeten gehöre niemandem und allen und für ihre Arbeit erhielten sie keinerlei Lohn.«

»Warum arbeiteten sie dann überhaupt?« warf Herr Pope ein.

»Das fragte ich auch und erwartete, jeden Augenblick einen mit einem Stocke bewaffneten Aufseher auftauchen zu sehen, aber sie erklärten, sie seien nicht krank, und es mache ihnen Freude, andern mit ihrer Arbeit helfen zu können. Jeder nehme sich vom Ertrage, was er brauche, und das übrige komme der Allgemeinheit zugute. So leisteten alle ihren Beitrag zum Wohle aller und würden dafür nach ihrem Bedarf versorgt.«

»Das ist höchst unglaubwürdig!« warf Herr Arbuthnot ein. »Es liegt auf der Hand, daß unter solchen Umständen jeder danach trachtet, soviel wie möglich an sich zu bringen und so wenig wie möglich herzugeben!«

»Nicht so bei ihnen«, erwiderte der Doktor. »Wie sie sagten, könne niemand mehr essen, als sein Magen fasse – und selbst das sei manchmal zuviel –, und mehr als ein Paar Schuhe und ein Gewand auf einmal tragen. Jedenfalls wäre es leichter gewesen, auf ihrem Planeten einen grünen Raben zu finden, als einen, der sich auf Kosten der anderen bereichert oder sonst einen Vorteil verschafft hätte.«

Diese Worte riefen lebhaften Widerspruch hervor, und eine Zeitlang redeten und gestikulierten alle durcheinander. Herr Pope meinte, was denn mit Straßenräubern und Taschendieben gewesen sei, wenn schon Gutsherren und Kaufleute nicht auf ihre Rechnung gekommen wären, und Herr Arbuthnot sagte, es könnten doch unmöglich nur ehrliche Leute dort gelebt haben, sondern auch Gastwirte und Hausbesitzer, und Herr Gay schließlich rief zu Herrn Swift hinüber, er wolle doch nicht behaupten, daß es keine Huren und Zuhälter gegeben habe, von Politikern, Ärzten und Advokaten nicht zu reden. Das ging so eine Weile, bis sich Herr Swift wieder Gehör verschaffte und fortsetzte:

»So unwahrscheinlich es klingt, aber von allen diesen höchst ehrenwerten Gewerben war nicht eins bekannt und somit auch nichts, was man als Gerichte, Gefängnisse, Zuchthäuser und Hinrichtungsstätten hätte ansehen können.«

»Daß lebende Wesen so tief zu sinken vermögen«, murmelte Herr Gay. »Was bleibt da übrig von der Buntheit des Lebens!«

»Sie waren der Meinung, das Leben biete ihnen genug und sie könnten auf seine Buntheit verzichten, wenn diese aus Betrug, Verbrechen und krankhaften Verirrungen bestände.«

»Ja aber womit brachten sie ihre Tage hin, wenn sie nicht mehr arbeiteten, als zur Erhaltung ihres Daseins notwendig war, keine Prozesse führten und sich nicht gegenseitig einsperrten? Gingen sie auf die Jagd oder betranken sich, spielten Karten und peitschten Bären aus?« fragte Herr Hogarth.

»Ich befand mich nicht zu Gast beim Earl von Dumbarton, wie du zu glauben scheinst, sondern auf einem fremden Planeten, wo es unbekannt war, Tiere zu fangen, zu quälen oder zu töten, ja sogar sich von ihnen tragen oder ziehen zu lassen. Sie tranken auch nicht mehr als sie vertrugen und verspielten kein Geld, einfach, weil sie keins hatten.«

»Sie müssen doch irgend etwas getan haben? Beschäftigten sie sich mit Politik?« sagte Herr Pope.

»Oder mit Kunst?« setzte Herr Arbuthnot hinzu.

»Es waren die ausgesuchtesten Nichtstuer, die ihr euch denken könnt. Sie sagten sogar, man müsse nicht in einem fort etwas tun und das Bedürfnis danach sei krankhaft und bringe nur Unglück. Die Vorstellung, keine Zeit zu haben, erschien ihnen unbegreiflich, weil Zeit und Leben für sie dasselbe war. Von Kunst hielten sie nichts. Ihnen war das Leben, oder was sie darunter verstanden, wichtiger, als es zu beschreiben oder abzubilden. Einige beschäftigten sich allerdings mit Musik auf den einfachsten Instrumenten, und andere sah ich malen, Ton formen, zeichnen und sogar schreiben, aber nur zu ihrem eigenen Vergnügen und nicht, um Ruhm zu ernten. Sie setzten nicht einmal ihren Namen unter ein Buch oder ein Bild. Und Geld ließ sich damit sowieso nicht gewinnen, wie dies auch auf anderen Planeten der Fall sein soll.«

»Gingen sie nicht ins Theater?« fragte Herr Gay.

»Das Theater hielten sie für eine veraltete Kunstform, die nur noch lächerlich wirke durch ihre Perücken, Kostüme, Kulissen und Worte, die ebenso falsch seien wie die Bärte. Und was die Politik betrifft, mein lieber Alexander, so hättest du vergeblich versucht, ihnen auch nur die Bedeutung des Wortes zu erklären. Sie hatten nicht das Glück, in einem wohlgeordneten Staat mit einem Monarchen oder Präsidenten, Grenzen, Fahnen und patriotischen Ansprachen zu leben, und wußten nichts von dem erhabenen Gefühl, für sein Vaterland zu kämpfen und mit Orden und Titeln belohnt zu werden. Ihnen ging, Gott sei es geklagt, jeder Sinn für Ruhm und Ehre ab. Sie konnten sich so wenig einer glorreichen Vergangenheit mit Schlachten und Toten rühmen wie einer noch glorreicheren Gegenwart mit noch mehr Schlachten und noch mehr Toten.«

»Das soll doch nicht heißen, daß sie nicht wußten, was Kriege waren?« rief Herr Pope. »Dann hätte es ja auch keine Armee und keine Krüppel und Bettler gegeben? Wo blieben die Lieferungen veralteter Waffen, die Unterschleife der Heeresverwaltung, die ungedeckten Staatsanleihen, kurz alles, was eine Nation ausmacht? Waren nicht irgendwo unterdrückte Völker, deren Befreiung zu den heiligsten Pflichten jedes benachbarten Staates gehört?«

»Nicht daß ich wüßte«, erwiderte Herr Swift. »Sie lebten über den ganzen Planeten verstreut in kleinen Siedlungen und Gemeinden, deren Verwaltung jede Köchin hätte besorgen können. Wenn es etwas zu beraten gab, geschah es rasch und ohne viel Worte. Für Streitigkeiten, sagten sie, sei ihr Leben zu kurz. Auch versuchte keiner, dem anderen seine Meinung oder gar seinen Willen aufzudrängen oder sich in irgendeiner Weise über die anderen zu erheben. Jemandem Lob zu spenden, empfanden sie als Anmaßung. Sie tadelten einander auch nicht, und nichts lag ihnen ferner, als sich gegenseitig zu bestrafen, der Freiheit zu berauben oder gar des Lebens.«

»Vielleicht lagen ihre verbrecherischen Neigungen mehr auf dem Gebiet der Gefühle und Leidenschaften?« rief Herr Hogarth. »Wie sah es mit der ehelichen Untreue, Liebeshändeln, Eifersuchtsszenen, Gattenmorden und Duellen aus? Die Männer werden wohl auch ihre Frauen verprügelt, ihre Nebenbuhler erstochen und ihre Kinder umgebracht haben, während die Weiber sich um einen Kerl die Augen auskratzten und Salzsäure ins Gesicht gossen? Sie werden doch ein Familienleben besessen haben? Worüber hätten sie sich sonst unterhalten?«

»Ich muß dich enttäuschen, William, so leid es mir tut. Auch die Einrichtung der Familie war ihnen unbekannt. Du weißt, ich selber halte nicht viel davon. Sie mag den einzelnen vor allzuviel Freiheit bewahren und auch das ihre zur Erhaltung des Menschengeschlechts beitragen, dessen Aussterben ich übrigens nicht als Verlust ansehen würde. Ich gebe auch zu, daß die Familie gottgewollt ist, aber die Bewohner meines Planeten kamen ohne sie aus. Sie lebten in unordentlichen Beziehungen miteinander, ohne Bindungen und Verpflichtungen und ohne den Segen der Kirche. Sie behaupteten, die einzige Grundlage ihrer Verbindungen seien ihre Gefühle, alles andere sei

Heuchelei. Sie lebten auch nur so lange zusammen, als ihre Gefühle für einander anhielten, und wenn sie sich trennten, geschah es in Ruhe und Freundschaft. Die Kinder wuchsen in abseits gelegenen Siedlungen auf, die sie selbst verwalteten. Ich brauche nicht zu sagen, daß sie gänzlich der heilsamen Furcht vor Prügeln und sonstigen Strafen ermangelten, wie überhaupt jeder Zucht und Ordnung, die allein Demut, Gehorsam und Ehrfurcht erzeugen. Mit einem Wort, nirgends fand ich auch nur die Spur von Moral oder Scham. Männer und Weiber scheuten sich nicht, ihre Körper ohne jede Bekleidung zu zeigen, und als ich einmal meinen Unwillen darüber äußerte, erwiderten sie, warum ich bei anderen Tieren darin nichts Anstößiges erblickte.«

»Dann hätten sie sich auch gleich öffentlich paaren können!« bemerkte Herr Pope.

»Ich habe zwar nichts dergleichen beobachtet, aber ich fürchte, sie hätten nichts dabei gefunden«, sagte Herr Swift bekümmert. »Obwohl sie eine fast menschliche Sprache wie das Holländische sprachen, betrachteten sie sich als eine der vielen Gattungen ihres Planeten, von denen sie sich nur durch ein etwas genaueres Bewußtsein ihres Lebens unterschieden. Das aber war für sie kein Grund, sich für höhergeartet zu halten. Umsonst versuchte ich, ihnen Worte wie Seele und Geist zu erklären. Sie sahen das alles nur als chemische Vorgänge an, wie das Licht einer Kerze. Sie wollten auch nicht wahrhaben, daß sie eine unsterbliche Seele besäßen wie jedes Wesen – mit

Ausnahme der Tiere natürlich –, und meinten, nur die Zellen ihres Körpers seien unsterblich und verwandelten sich nach dessen Auflösung zu neuen Gebilden.

Ich erinnere mich einer Unterhaltung mit einer Frauensperson über den Gegenstand. Sie fragte, ob es dort, wo wir herkämen, Krankheiten gäbe, die lähmten oder zum Tode führten, und als ich das bejahte, meinte sie hinterhältig, ob es für meinen unsterblichen Geist nicht peinlich sei, von dem Zustand meiner Leber, Niere oder Blase abzuhängen. Bei ihnen sei Leben und Körper ein und dasselbe, ihm verdankten sie alles, alle Freuden und alle Schmerzen, wobei sie die einen durch ihr Bewußtsein zu steigern, die anderen zu überwinden suchten. Von Wundern, die über die Vernunft hinausgingen, wollte sie nichts wissen und meinte, das einzige große und allein unerklärliche Wunder sei die Wirklichkeit, die sie jeden Tag umgebe und die zu erreichen sie sich nach Kräften bemühten. Die Vernunft aber gebrauchten sie, um in Eintracht miteinander zu leben und, wenn schon nicht unausgesetzt zu lieben, so doch so wenig wie möglich zu schaden.«

»Mein Gott!« rief Herr Gay, »immer nur Vernunft, Eintracht, Nachsicht, Güte und was sonst noch! Das muß ja von tödlicher Langeweile gewesen sein!«

»Den Eindruck hatte ich nicht eigentlich«, entgegnete der Doktor. »Jeder beschäftigte sich nach seiner Art, mit Blumen, Tieren, ja sogar mit Fragen der Wissenschaft und Philosophie, und war zufrieden.«

»Ihnen fehlte jeder sittliche Ernst«, bemerkte Herr Pope. »Sie legten dem bloßen Dasein und seinem Genuß zuviel Gewicht bei.«

»Dabei verzichteten sie freiwillig auf das Leben, obwohl sie keine Hoffnung auf ein Jenseits besaßen«, sagte Herr Swift. »Sie schieden aus dem Dasein, sobald sie merkten, daß ihre Kräfte nachließen. Wie sie sagten, wollten sie nicht ohnmächtig ihrem eigenen Verfall beiwohnen und auf ihr Ende warten wie auf eine Hinrichtung. Sie liebten das Leben zu sehr, um sich daran zu klammern, und ihr Körper sei ihnen zuviel wert, als daß sie ihn durch Krankheit und Alter entstellt sehen wollten.«

Eine Weile trat Schweigen ein, dann sagte Herr Pope:

»Glaubten sie eigentlich an Gott oder irgendein höheres Wesen?«

»Ich habe mir die größte Mühe gegeben«, setzte Dr. Swift fort, »ihnen begreiflich zu machen, wie armselig ihr Dasein ohne Glauben sei, und daß keiner nur einen Tag lang ohne die Gewißheit leben könne, von einer höheren Macht beschützt und dermaleinst zu einem ewigen Leben berufen und nach Verdienst belohnt oder bestraft zu werden. Aber sie wollten das nicht einsehen und erklärten, ihr Gestirn sei wohl zu unbedeutend und klein, als daß höhere Mächte sich darum kümmern könnten. Was aber ein Leben nach dem Tode angehe, in dem es Strafen und Belohnungen geben solle, erscheine es ihnen als die schrecklichste aller Vorstellungen und etwa einem nicht endenden Albtraum vergleichbar. – ›Ja, wollt ihr denn allen Ernstes behaupten‹, rief ich einmal, erbost über so viel Verstocktheit, ›daß alles einem Zufall seine Entstehung verdankt und nichts und niemand euren Planeten von Anfang an gewollt und euch eine Aufgabe gestellt hat! Ergreift euch nicht ein Schwindel bei dem Gedanken an das blanke Nichts, dem eurer Meinung nach alles entstiegen ist und in dem alles wieder spurlos versinken soll?‹ Darauf erwiderten sie, die Vorstellung, einmal nicht mehr da zu sein, habe für sie so wenig Schrecken wie die, einmal nicht dagewesen zu sein, und was dergleichen Windigkeiten mehr sind.«

Wieder schwiegen alle eine Zeitlang, bis Herr Pope sagte:

»Sie hatten keine Angst, nicht einmal vor dem Tode. Das war die Ursache aller ihrer Verirrungen.«

»Ich glaubte«, bemerkte Herr Gay, »zumindest auf der Erde werde die Furchtlosigkeit als eine der höchsten Tugenden geschätzt?«

»Welch Irrtum!« rief Herr Pope. »Hätte die Angst nicht an der Wiege der Menschheit gestanden, so tummelten wir uns heute noch auf Bäumen herum. Nur die Angst hat uns dazu getrieben, feste Wohnungen zu bauen, Waffen zu fertigen und Feuer zu machen. Die Angst hat uns all unsere Erfindungen eingegeben, die uns bis auf den Gipfel der glorreichen Entwicklung geführt haben, auf dem wir heute stehen. Ja, ohne die Lehre der Gnadenwahl anzutasten, möchte ich fast behaupten, daß wir ohne die Angst, einmal vor unserm ewigen Richter zu stehen, niemals gläubige Christen geworden wären. Und hätten wir schließlich nicht ununterbrochen Angst voreinander, würden wir aufhören, uns zu entwickeln, und im Genuß eines zweifelhaften Glückes versinken, wie die Bewohner jenes Planeten, dessen Name unserem Freunde leider entfallen ist.«

»Jedenfalls überkam mich mehr und mehr ein Gefühl tiefer Niedergeschlagenheit, gibt es doch nichts Trostloseres als die Erreichung aller Ziele und Wünsche, mögen sie nun töricht oder weise gewesen sein«, sagte Dr. Swift abschließend, »und ich wünschte nichts sehnlicher, als in menschliche Verhältnisse zurückzukehren. Dabei hoffte ich bis zum letzten Augenblick, ich könnte sie einmal, wenigstens in ihren Hinterstuben, dabei ertappen, daß sie übereinander herfielen, sich prügelten oder gemeine Worte an den Kopf warfen, wenn ich schon nicht hoffen konnte, daß sie einander bestehlen oder umbringen würden. Aber sie schienen wirklich zu meinen, was sie sagten, und so zu handeln, wie es für alle und jeden einzelnen am besten war, und so drängte ich auf die Abreise, die auch bald erfolgte.«

Nach diesen Worten will der vorgenannte Medlum an den Tisch getreten sein und gesagt haben:

»Nichts für ungut, die Herren! Aber wenn ich mit allem Respekt dazu etwas sagen darf – ich würde die ›Seamaid‹ mit allem, was dazu gehört, gegen eine Prise Schnupftabak wetten, daß es einen solchen Planeten im ganzen Weltall nicht gibt und nicht gegeben hat und wohl auch niemals geben wird« –

womit sein Bericht und damit dieses Buch ihr Ende gefunden haben.

Klassische und moderne Kriminal-, Grusel- und Abenteuergeschichten in Diogenes Taschenbüchern

● Joan Aiken
Die Kristallkrähe. Roman. detebe 20138
Der eingerahmte Sonnenuntergang. Roman detebe 21413
Tote reden nicht vom Wetter. Roman detebe 21477

● Margery Allingham
Die Handschuhe des Franzosen. Kriminalgeschichten. detebe 20929

● Eric Ambler
Die Maske des Dimitrios. Roman detebe 20137
Der Fall Deltschev. Roman. detebe 20178
Eine Art von Zorn. Roman. detebe 20179
Schirmers Erbschaft. Roman. detebe 20180
Die Angst reist mit. Roman. detebe 20181
Der Levantiner. Roman. detebe 20223
Waffenschmuggel. Roman. detebe 20364
Topkapi. Roman. detebe 20536
Schmutzige Geschichte. Roman detebe 20537
Das Intercom-Komplott. Roman detebe 20538
Besuch bei Nacht. Roman. detebe 20539
Der dunkle Grenzbezirk. Roman detebe 20602
Ungewöhnliche Gefahr. Roman detebe 20603
Anlaß zur Unruhe. Roman. detebe 20604
Nachruf auf einen Spion. Roman detebe 20605
Doktor Frigo. Roman. detebe 20606
Bitte keine Rosen mehr. Roman detebe 20887
Mit der Zeit. Roman. detebe 21054

● John Bellairs
Das Haus das tickte. Roman. detebe 20638

● Robert Benesch
Außer Kontrolle. Roman. detebe 21081

● Ambrose Bierce
Die Spottdrossel. Erzählungen. detebe 20234

● Robert Bloch
Nacht im Kopf. Roman. detebe 21414

● Kurt Bracharz
Pappkameraden. Roman. detebe 21475

● Peter Bradatsch
Waschen, Schneiden, Umlegen. Ein Dutzend Kriminalgeschichten. detebe 21272

● Ray Bradbury
Die Mars-Chroniken. Roman in Erzählungen. detebe 20863
Der illustrierte Mann. Erzählungen detebe 20365
Fahrenheit 451. Roman. detebe 20862
Die goldenen Äpfel der Sonne. Erzählungen detebe 20864
Medizin für Melancholie. Erzählungen detebe 20865
Das Böse kommt auf leisen Sohlen. Roman detebe 20866
Löwenzahnwein. Roman detebe 21045
Das Kind von morgen. Erzählungen detebe 21205
Die Mechanismen der Freude. Erzählungen detebe 21242
Familientreffen. Erzählungen. detebe 21415

● Beat Brechbühl
Kneuss. Roman. Zwei Wochen aus dem Leben eines Träumers und Querulanten, von ihm selber aufgeschrieben. detebe 21416

● Fredric Brown
Flitterwochen in der Hölle. Schauer- und Science-Fiction-Geschichten. detebe 20600

● John Buchan
Die neununddreißig Stufen. Roman detebe 20210
Grünmantel. Roman. detebe 20771
Mr. Standfast oder Im Westen was Neues Roman. detebe 20772
Die drei Geiseln. Roman. detebe 20773
Basilissa. Roman. detebe 21249

● W. R. Burnett
Little Caesar. Roman. detebe 21061
High Sierra. Roman. detebe 21208
Asphalt-Dschungel. Roman. detebe 21417

● Karel Čapek
Der Krieg mit den Molchen. Roman detebe 20805

● David Carkeet
Minus mal Minus. Roman. detebe 21478

● Anton Čechov
Das Drama auf der Jagd. Eine wahre Begebenheit. detebe 21379

● Raymond Chandler
Der große Schlaf. Roman. detebe 20132
Die kleine Schwester. Roman. detebe 20206
Das hohe Fenster. Roman. detebe 20208
Der lange Abschied. Roman. detebe 20207
Die simple Kunst des Mordes. Essays, Briefe, Fragmente. detebe 20209
Die Tote im See. Roman. detebe 20311
Lebwohl, mein Liebling. Roman detebe 20312
Playback. Roman. detebe 20313
Mord im Regen. Rühe Stories. detebe 20314
Erpresser schießen nicht. Detektivstories I detebe 20751
Der König in Gelb. Detektivstories II detebe 20752
Gefahr ist mein Geschäft. Detektivstories III detebe 20753
Englischer Sommer. Geschichten und Essays detebe 20754

● Erskine Childers
Das Rätsel der Sandbank. Roman detebe 20211

● Agatha Christie
Villa Nachtigall. Kriminalgeschichten detebe 20133
Der Fall der enttäuschten Hausfrau Kriminalgeschichten. detebe 20826

● Wilkie Collins
Ein schauerliches fremdes Bett. Gruselgeschichten. detebe 20589

● Joseph Conrad
Lord Jim. Roman. detebe 20128
Der Geheimagent. Roman. detebe 20212
Herz der Finsternis. Erzählung. detebe 20363

● Manfred von Conta
Schloßgeschichten. detebe 21060
Der Totmacher. Roman. detebe 20962

● Stephen Crane
Das blaue Hotel. Klassische Geschichten aus dem Wilden Westen. detebe 20789
Die rote Tapferkeitsmedaille. Roman detebe 21299

● Freemann Wills Crofts
Die Frau im Faß. Roman. detebe 21476

● Guy Cullingford
Post mortem. Roman. detebe 20369

● Daniel Defoe
Robinson Crusoe. Roman. detebe 21364

● Dolly Dolittle's
Crime Club. detebe 20277–20279, 20664

● Arthur Conan Doyle
Sherlock Holmes Geschichten. detebe 21211

● Friedrich Dürrenmatt
Grieche sucht Griechin / Mr. X macht Ferien / Nachrichten über den Stand des Zeitungswesens in der Steinzeit. Grotesken detebe 20851
Der Hund / Der Tunnel / Die Panne Drei Erzählungen. detebe 20850
Aus den Papieren eines Wärters. Frühe Prosa detebe 20848
Das Versprechen / Aufenthalt in einer kleinen Stadt. Erzählungen. detebe 20852
Der Richter und sein Henker. Kriminalroman Mit einer biographischen Skizze des Autors detebe 21435
Der Verdacht. Kriminalroman. Mit einer biographischen Skizze des Autors. detebe 21436

● Alexandre Dumas Père
Horror in Fontenay. Roman. detebe 20367

● Lord Dunsany
Smetters erzählt Mordgeschichten detebe 20597
Jorkens borgt sich einen Whisky. Club-Geschichten. detebe 20598

● William Faulkner
Der Springer greift an. Kriminalgeschichten detebe 20182
Die Spitzbuben. Roman. detebe 20989
Die Freistatt. Roman. detebe 20802

● Celia Fremlin
Klimax. Roman. detebe 20916
Wer hat Angst vorm schwarzen Mann? Roman. detebe 21302

● Egon Friedell
Die Rückkehr der Zeitmaschine. Phantastische Novelle. detebe 20177

● Felix Gasbarra
Schule der Planeten. Roman. detebe 20549

● Der goldene Gelbe
Sonderausgabe. Enthält folgende Romane: Raymond Chandler, Der große Schlaf / Patricia Highsmith, Zwei Fremde im Zug / Eric Ambler, Die Maske des Dimitrios detebe 21412

● Gespenster

Gespenster / Mehr Gespenster / Noch mehr Gespenster. Die besten Gespenstergeschichten, herausgegeben von Mary Hottinger und Dolly Dolittle. detebe 20497, 21027 und 21310

● Robert van Gulik

Mord im Labyrinth. Roman. detebe 21381
Tod im Roten Pavillon. Roman. detebe 21383
Wunder in Pu-yang? Roman. detebe 21382

● Rider Haggard

Sie. Roman. detebe 20236
König Salomons Schatzkammern. Roman detebe 20920

● Dashiell Hammett

Der Malteser Falke. Roman. detebe 20131
Rote Ernte. Roman. detebe 20292
Der Fluch des Hauses Dain. Roman detebe 20293
Der gläserne Schlüssel. Roman. detebe 20294
Der dünne Mann. Roman. detebe 20295
Fliegenpapier. 5 Stories. detebe 20911
Fracht für China. 3 Stories. detebe 20912
Das große Umlegen. 3 Stories. detebe 20913
Das Haus in der Turk Street. 3 Stories detebe 20914
Das Dingsbums Küken. 3 Stories. Nachwort von Steven Marcus. detebe 20915

● Cyril Hare

Mörderglück. Kriminalgeschichten detebe 20196

● W. F. Harvey

Die Bestie mit den fünf Fingern. Gruselgeschichten. detebe 20599

● Ernst W. Heine

Kille Kille. Makabre Geschichten detebe 21053
Hackepeter. Neue Kille Kille Geschichten detebe 21219
Wer ermordete Mozart? Wer enthauptete Haydn? Mordgeschichten für Musikfreunde detebe 21437

● O. Henry

Die klügere Jungfrau. Geschichten detebe 20871
Das Herz des Westens. Geschichten detebe 20872
Der edle Gauner. Geschichten. detebe 20873
Wege des Schicksals. Geschichten detebe 20874
Streng geschäftlich. Geschichten detebe 20875
Rollende Steine. Geschichten. detebe 20876

● Patricia Highsmith

Der Stümper. Roman. detebe 20136
Zwei Fremde im Zug. Roman. detebe 20173
Der Geschichtenerzähler. Roman detebe 20174
Der süße Wahn. Roman. detebe 20175
Die zwei Gesichter des Januars. Roman detebe 20176
Der Schrei der Eule. Roman. detebe 20341
Tiefe Wasser. Roman. detebe 20342
Die gläserne Zelle. Roman. detebe 20343
Das Zittern des Fälschers. Roman detebe 20344
Lösegeld für einen Hund. Roman detebe 20345
Der talentierte Mr. Ripley. Roman detebe 20481
Ripley Under Ground. Roman. detebe 20482
Ripley's Game. Roman. detebe 20346
Der Schneckenforscher. Geschichten detebe 20347
Ein Spiel für die Lebenden. Roman detebe 20348
Kleine Geschichten für Weiberfeinde detebe 20349
Kleine Mordgeschichten für Tierfreunde detebe 20483
Venedig kann sehr kalt sein. Roman detebe 20484
Ediths Tagebuch. Roman. detebe 20485
Der Junge, der Ripley folgte. Roman detebe 20649
Leise, leise im Wind. Geschichten detebe 21012
Keiner von uns. Erzählungen. detebe 21179
Leute, die an die Tür klopfen. Roman detebe 21349

● Gerald Kersh

Mann ohne Gesicht. Phantastische Geschichten. detebe 20366

● Hans Werner Kettenbach

Minnie oder Ein Fall von Geringfügigkeit Roman. detebe 21218

● Russische Kriminalgeschichten

Von Fjodor Dostojewskij bis Anton Tschechow. detebe 21127

● Maurice Leblanc

Arsène Lupin – Der Gentleman-Gauner Roman. detebe 20127
Die hohle Nadel oder Die Konkurrenten des Arsène Lupin. Roman. detebe 20239
813 – Das Doppelleben des Arsène Lupin Roman. detebe 20931

Der Kristallstöpsel oder Die Mißgeschicke des Arsène Lupin. Roman. detebe 20932
Die Gräfin von Cagliostro oder Die Jugend des Arsène Lupin. Roman. detebe 20933
Arsène Lupin kontra Herlock Sholmes Roman. detebe 21026
Die Insel der 30 Särge. Roman detebe 21198
Die Uhr schlägt achtmal. Roman detebe 21254

● Sheridan Le Fanu

Carmilla, der weibliche Vampir detebe 20596
Der ehrenwerte Herr Richter Harbottle Unheimliche Geschichten. detebe 20619

● Gaston Leroux

Das Geheimnis des gelben Zimmers Roman. detebe 20924

● Marie Belloc Lowndes

Jack the Ripper oder Der Untermieter Roman. detebe 20130

● Ross Macdonald

Dornröschen war ein schönes Kind. Roman detebe 20227
Unter Wasser stirbt man nicht. Roman detebe 20322
Ein Grinsen aus Elfenbein. Roman detebe 20323
Die Küste der Barbaren. Roman detebe 20324
Der Fall Galton. Roman. detebe 20325
Gänsehaut. Roman. detebe 20326
Der blaue Hammer. Roman. detebe 20541
Durchgebrannt. Roman. detebe 20868
Geld kostet zuviel. Roman. detebe 20869
Die Kehrseite des Dollars. Roman detebe 20877
Der Untergrundmann. Roman. detebe 20878
Der Drahtzieher. Sämtliche Detektivstories I detebe 21018
Einer lügt immer. Sämtliche Detektivstories II. detebe 21019
Sanftes Unheil. Roman. detebe 21178
Blue City. Roman. detebe 21317
Der Mörder im Spiegel. Roman. detebe 21303

● W. Somerset Maugham

Silbermond und Kupfermünze. Roman detebe 20087
Auf Messers Schneide. Roman. detebe 20088
Rosie und die Künstler. Roman. detebe 20086

● Margaret Millar

Liebe Mutter, es geht mir gut... Roman detebe 20226
Die Feindin. Roman. detebe 20276
Fragt morgen nach mir. Roman. detebe 20542
Ein Fremder liegt in meinem Grab. Roman detebe 20646
Die Süßholzraspler. Roman. detebe 20926
Von hier an wird's gefährlich. Roman detebe 20927
Der Mord von Miranda. Roman detebe 21028
Das eiserne Tor. Roman. detebe 21063
Fast wie ein Engel. Roman. detebe 21190
Die lauschenden Wände. Roman detebe 21421

● Mord

Mord / Mehr Morde / Noch mehr Morde
Das Standardwerk englischer und amerikanischer Kriminalstories. Herausgegeben von Mary Hottinger. detebe 20030-20032

● Wahre Morde

Die berühmtesten Kriminalfälle und -prozesse aus England. Herausgegeben von Mary Hottinger. detebe 20587

● Fanny Morweiser

Lalu lalula, arme kleine Ophelia. Roman detebe 20608
La vie en rose. Roman. detebe 20609
Indianer-Leo. Geschichten. detebe 20799
Die Kürbisdame. Erzählungen detebe 20758
Ein Sommer in Davids Haus. Roman detebe 21059

● Hans Neff

XAP oder Müssen Sie arbeiten? fragte der Computer. Ein fabelhafter Tatsachenroman detebe 21052

● Edgar Allan Poe

Die schwarze Katze und andere Verbrechergeschichten. detebe 21183
Die Maske des roten Todes und andere phantastische Fahrten. detebe 21184
Der Teufel im Glockenstuhl und andere Scherz- und Spottgeschichten. detebe 21185
Der Untergang des Hauses Usher und andere Geschichten von Schönheit, Liebe und Wiederkunft. detebe 21182
Die denkwürdigen Erlebnisse des Arthur Gordon Pym. Roman. detebe 21267

● Patrick Quentin

Bächleins Rauschen tönt so bang. Kriminalgeschichten. detebe 20195
Familienschande. Roman. detebe 20917

• Jack Ritchie

Der Mitternachtswürger. Detektivgeschichten. detebe 21293
Für alle ungezogenen Leute. Detektiv-Geschichten. detebe 21384

• Saki

Die offene Tür. Erzählungen. detebe 20115

• Maurice Sandoz

Am Rande. Unheimliche Erzählungen
Deutsch von Gertrude Droz-Rüegg
detebe 20739

• Karl W. Schlegel

Richter wider Willen. Roman. detebe 21422

• Science-Fiction-Geschichten des Golden Age

Von Ray Bradbury bis Isaac Asimov. Herausgegeben von Peter Naujack. detebe 21048

• Klassische Science-Fiction-Geschichten

Von Voltaire bis Conan Doyle. Herausgegeben von William Matheson
detebe 21049

• Hermann Harry Schmitz

Buch der Katastrophen. detebe 20548

• Georges Simenon

Maigrets erste Untersuchung. Roman
detebe 20501
Maigret und Pietr der Lette. Roman
detebe 20502
Maigret und die alte Dame. Roman
detebe 20503
Maigret und der Mann auf der Bank. Roman
detebe 20504
Maigret und der Minister. Roman
detebe 20505
Mein Freund Maigret. Roman. detebe 20506
Maigrets Memoiren. Roman. detebe 20507
Maigret und die junge Tote. Roman
detebe 20508
Maigret amüsiert sich. Roman. detebe 20509
Hier irrt Maigret. Roman. detebe 20690
Maigret und der gelbe Hund. Roman
detebe 20691
Maigret vor dem Schwurgericht. Roman
detebe 20692
Maigret als möblierter Herr. Roman
detebe 20693
Madame Maigrets Freundin. Roman
detebe 20713
Maigret kämpft um den Kopf eines Mannes
Roman. detebe 20714
Maigret und die kopflose Leiche. Roman
detebe 20715
Maigret und die widerspenstigen Zeugen
Roman. detebe 20716
Maigret am Treffen der Neufundlandfahrer
Roman. detebe 20717
Maigret bei den Flamen. Roman
detebe 20718
Maigret und die Bohnenstange. Roman
detebe 20808
Maigret und das Verbrechen in Holland.
Roman. detebe 20809
Maigret und sein Toter. Roman
detebe 20810
Maigret beim Coroner. Roman. detebe 20811
Maigret, Lognon und die Gangster. Roman
detebe 20812
Maigret und der Gehängte von Saint-Pholien
Roman. detebe 20816
Maigret und der verstorbene Monsieur Gallet
Roman. detebe 20817
Maigret regt sich auf. Roman. detebe 20820
Maigret und das Schattenspiel. Roman
detebe 20734
Maigret und die Keller des Majestic
Roman. detebe 20735
Maigret contra Picpus. Roman. detebe 20736
Maigret läßt sich Zeit. Roman. detebe 20755
Maigrets Geständnis. Roman. detebe 20756
Maigret zögert. Roman. detebe 20757
Maigret und der Treidler der »Providence«
Roman. detebe 21029
Maigret hat Angst. Roman. detebe 21062
Maigrets Nacht an der Kreuzung. Roman
detebe 21050
Maigret erlebt eine Niederlage. Roman
detebe 21120
Maigret gerät in Wut. Roman
detebe 21113
Maigret verteidigt sich. Roman
detebe 21117
Maigret und der geheimnisvolle Kapitän
Roman. detebe 21180
Maigret und die alten Leute. Roman
detebe 21200
Maigret und das Dienstmädchen. Roman
detebe 21220
Maigret und der Fall Nahour. Roman
detebe 21250
Maigret im Haus des Richters. Roman
detebe 21238
Maigret und der Samstagsklient. Roman
detebe 21295
Maigret in New York. Roman
detebe 21308
Maigret und die Affäre Saint-Fiacre. Roman
detebe 21373

Sechs neue Fälle für Maigret. Erzählungen
detebe 21375
Maigret stellt eine Falle. Roman
detebe 21374
Maigret in der Liberty Bar. Roman
detebe 21376
Maigret und der Spion. Roman. detebe 21427
Maigret und die kleine Landkneipe. Roman
detebe 21428
Maigret und der Verrückte von Bergerac
Roman. detebe 21429
Maigret, die Tänzerin und die Gräfin. Roman
detebe 21484
Maigret macht Ferien. Roman. detebe 21485
Maigret und der hartnäckigste Kunde der Welt
Erzählungen. detebe 21486

● Henry Slesar
Das graue distinguierte Leichentuch. Roman
detebe 20139
Vorhang auf, wir spielen Mord! Roman
detebe 20216
Erlesene Verbrechen und makellose Morde
Kriminalgeschichten. detebe 20225
Ein Bündel Geschichten für lüsterne Leser
Roman. detebe 20275
Hinter der Tür. Roman. detebe 20540
Aktion Löwenbrücke. Roman. detebe 20656
Ruby Martinson. Geschichten. detebe 20657
Schlimme Geschichten für schlaue Leser
detebe 21036
Coole Geschichten für clevere Leser
detebe 21049
Fiese Geschichten für fixe Leser. Deutsch von
Thomas Schlück. detebe 21125
Böse Geschichten für brave Leser
detebe 21248

● Muriel Spark
Memento Mori. detebe 20892
Robinson. Roman. detebe 21090

● R. L. Stevenson
Die Schatzinsel. Roman. detebe 20701
Der Junker von Ballantrae. Roman
detebe 20703
Die Entführung. Roman. detebe 20704
Catriona. Roman. detebe 20705
Die Herren von Hermiston. Roman
(Fragment). detebe 20702
Der Pavillon auf den Dünen / Der seltsame Fall von Dr. Jekyll und Mr. Hyde
Zwei Novellen. detebe 20706
Der Selbstmörderklub / Der Diamant des Rajahs. Zwei Geschichtensammlungen
detebe 20707
Die tollen Männer und andere Geschichten
detebe 20708
Der Flaschenteufel und andere Geschichten
detebe 20709
Der Leichenräuber und andere Geschichten
detebe 20710
Der gefährliche Archipel. In der Südsee I
Roman. detebe 21449
Der Palast der vielen Frauen. In der Südsee II
Roman. detebe 21450

● Bram Stocker
Draculas Gast. Gruselgeschichten
detebe 20135

● Julian Symons
Auf den Zahn gefühlt. Geschichten
detebe 20601
Ein Pekinese aus Gips. Kriminalgeschichten
detebe 20740

● Susanne Thommes
Der falsche Freund. Roman. detebe 21380
Brüderchen und Schwesterchen. Roman
detebe 21423
Totensonntag. Kriminalroman. detebe 21474

● Roland Topor
Der Mieter. Roman. detebe 20358

● B. Traven
Das Totenschiff. Roman. detebe 21098
Die Baumwollpflücker. Roman
detebe 21099
Die Brücke im Dschungel. Roman
detebe 21100
Der Schatz der Sierra Madre. Roman
detebe 21101
Die Weiße Rose. Roman. detebe 21102
Aslan Norval. Roman. detebe 21103
Regierung. Roman. detebe 21104
Die Carreta. Roman. detebe 21105
Der Marsch ins Reich der Caoba. Roman
detebe 21106
Trozas. Roman. detebe 21107
Die Rebellion der Gehenkten. Roman
detebe 21108
Ein General kommt aus dem Dschungel
Roman. detebe 21109
Die Geschichte vom unbegrabenen Leichnam
Erzählungen. detebe 21110
Die ungeladenen Gäste. Erzählungen
detebe 21111
Der Banditendoktor. Erzählungen
detebe 21112

● Mark Twain
Tom Sawyers Abenteuer. Roman
detebe 21369
Huckleberry Finns Abenteuer. Roman
detebe 21370

Kannibalismus auf der Eisenbahn und andere Erzählungen. detebe 21488
Der gestohlene weiße Elefant und andere Erzählungen. detebe 21489
Die Eine-Million-Pfund-Note und andere Erzählungen. detebe 21490

● Jules Verne

Reise um die Erde in achtzig Tagen. Roman detebe 20126
Fünf Wochen im Ballon. Roman detebe 20241
Von der Erde zum Mond. Roman detebe 20242
Reise um den Mond. Roman. detebe 20243
Zwanzigtausend Meilen unter Meer. Roman in zwei Bänden. detebe 20244 + 20245
Reise zum Mittelpunkt der Erde. Roman detebe 20246
Der Kurier des Zaren. Roman in zwei Bänden. detebe 20401 + 20402
Die fünfhundert Millionen der Begum Roman. detebe 20403
Die Kinder des Kapitäns Grant. Roman in zwei Bänden. detebe 20404 + 20405
Die Erfindung des Verderbens. Roman detebe 20406
Die Leiden eines Chinesen in China. Roman detebe 20407
Das Karpathenschloß. Roman. detebe 20408
Die Gestrandeten. Roman in zwei Bänden detebe 20409 + 20410
Der ewige Adam. Geschichten. detebe 20411
Robur der Eroberer. Roman. detebe 20412
Zwei Jahre Ferien. Roman. detebe 20440
Das erstaunliche Abenteuer der Expedition Barsac. Roman. detebe 21237
Die Insel der Milliardäre. Roman detebe 21243
Die Eissphinx. Roman. detebe 21268
Die großen Seefahrer und Entdecker. Eine Geschichte der Entdeckung der Erde im 18. und 19. Jahrhundert. detebe 21401

● Lewis Wallace

Ben Hur. Eine Erzählung aus der Zeit Christi. detebe 21291

● Hans Weigold

Eines der verwunschenen Häuser. Roman detebe 21070

● H. G. Wells

Der Krieg der Welten. Roman. detebe 20171
Die Zeitmaschine. Roman. detebe 20172

● Weltuntergangsgeschichten

Von Poe bis Dürrenmatt. detebe 20806

● P. G. Wodehouse

Promenadenmischung. Lustige Geschichten I detebe 21056
Der Pennymillionär. Lustige Geschichten II detebe 21226

● Cesare Zavattini

Liebenswerte Geister. Erzählungen detebe 21058

Phantastische und Science-Fiction-Literatur im Diogenes Verlag

● John Bellairs
Das Haus, das tickte. Roman. Aus dem Amerikanischen von Alexander Schmitz
detebe 20368

● Ambrose Bierce
Die Spottdrossel. Ausgewählte Erzählungen und Fabeln. Auswahl und Vorwort von Mary Hottinger. Aus dem Amerikanischen von Joachim Uhlmann, Günter Eichel und Maria von Schweinitz. detebe 20234

● Ray Bradbury
Die Mars-Chroniken. Roman in Erzählungen. Deutsch von Thomas Schlück
detebe 20863
Der illustrierte Mann. Erzählungen. Deutsch von Peter Naujack. detebe 20365
Fahrenheit 451. Roman. Deutsch von Fritz Güttinger. detebe 20862
Die goldenen Äpfel der Sonne. Erzählungen
Deutsch von Margarete Bormann
detebe 20864
Medizin für Melancholie. Erzählungen
Deutsch von Margarete Bormann
detebe 20865
Das Böse kommt auf leisen Sohlen. Roman
Deutsch von Norbert Wölfl. detebe 20866
Das Kind von morgen. Erzählungen
Deutsch von Hans-Joachim Hartstein
detebe 21205
Die Mechanismen der Freude. Erzählungen
Deutsch von Peter Naujack. detebe 21242
Familientreffen. Erzählungen. Deutsch von Jürgen Bauer. detebe 21415

● Fredric Brown
Flitterwochen in der Hölle. SF & Schauergeschichten. Aus dem Amerikanischen von B. A. Egger. detebe 20600

● Karel Čapek
Der Krieg mit den Molchen. Roman. Deutsch von Eliška Glaserová. detebe 20805

● Wilkie Collins
Ein schauerliches fremdes Bett. Gruselgeschichten. Aus dem Englischen von Elizabeth Gilbert und Peter Naujack
detebe 20589

● Guy Cullingford
Post mortem. Roman. Aus dem Englischen von Helmut Degner und Peter Naujack
detebe 20369

● Walter de la Mare
Sankt Valentinstag. Erzählungen. Deutsch von Elizabeth Gilbert. detebe 21197
Die Orgie – eine Idylle. Erzählungen
Deutsch von Elizabeth Gilbert. detebe 21236

● Alexandre Dumas Père
Horror in Fontenay. Roman. Aus dem Nachlaß herausgegeben von Alan Hull Walton
Deutsch von Alexander Schmitz
detebe 20367

● Lord Dunsany
Smetters erzählt Mordgeschichten. Fünf Kriminalgeschichten. Aus dem Englischen von Elisabeth Schnack. detebe 20597
Jorkens borgt sich einen Whisky. Zehn Clubgeschichten. Deutsch von Elisabeth Schnack
detebe 20598

● Egon Friedell
Die Rückkehr der Zeitmaschine. Phantastische Novelle. detebe 20177

● Gespenster
Englische Gespenstergeschichten von Daniel Defoe bis Elizabeth Bowen. Herausgegeben von Mary Hottinger. detebe 20497

● Mehr Gespenster
Die besten Gespenstergeschichten aus England, Schottland und Irland. Herausgegeben von Mary Hottinger. detebe 21027

● Noch mehr Gespenster
Die besten Gespenstergeschichten aus aller Welt, von Balzac bis Čechov. Herausgegeben von Dolly Dolittle. detebe 21310

● Rider Haggard
Sie. Roman. Aus dem Englischen von Helmut Degner. detebe 20236
König Salomons Schatzkammern. Roman
Deutsch von V.H. Schmied. detebe 20920

W. F. Harvey
Die Bestie mit den fünf Fingern. Gruselgeschichten. Aus dem Englischen von Günter Eichel und Peter Naujack. detebe 20599

Patricia Highsmith
Der Schneckenforscher. Gesammelte Geschichten. Vorwort von Graham Greene Aus dem Amerikanischen von Anne Uhde detebe 20347
Leise, leise im Wind. Erzählungen. Deutsch von Anne Uhde. detebe 21012
Keiner von uns. Erzählungen. Deutsch von Anne Uhde. detebe 21179

Joris-Karl Huysmans
Gegen den Strich. Roman. Aus dem Französischen von Hans Jacob. Einführung von Robert Baldick. Essay von Paul Valéry detebe 20921

Gerald Kersh
Mann ohne Gesicht. Phantastische Geschichten. Aus dem Englischen von Peter Naujack detebe 20366

Sheridan Le Fanu
Carmilla, der weibliche Vampir. Vampirgeschichte. Aus dem Englischen von Helmut Degner. detebe 20596

W. Somerset Maugham
Der Magier. Ein parapsychologischer Roman. Aus dem Englischen von Melanie Steinmetz und Ute Haffmans. detebe 20165

Hans Neff
XAP oder Müssen Sie arbeiten? fragte der Computer. Ein fabelhafter Tatsachenroman. detebe 21052

Edgar A. Poe
Die schwarze Katze und andere Verbrechergeschichten. detebe 21183
Die Maske des roten Todes und andere phantastische Fahrten. detebe 21184
Der Teufel im Glockenstuhl und andere Scherz- und Spottgeschichten. detebe 21185
Der Untergang des Hauses Usher und andere Geschichten von Schönheit, Liebe und Wiederkunft. detebe 21182
Alle Bände herausgegeben von Theodor Etzel. Aus dem Amerikanischen von Gisela Etzel, Wolf Durian u.a.
Die besten Geschichten von Edgar Allan Poe Ausgewählt von Mary Hottinger Diogenes Evergreens
Die denkwürdigen Erlebnisse des Arthur Gordon Pym. Roman. Deutsch von Gisela Etzel. Mit einem Nachwort von Jörg Drews detebe 21267

Herbert Rosendorfer
Der Ruinenbaumeister. Roman detebe 20251

Saki
Die offene Tür. Ausgewählte Erzählungen. Aus dem Englischen von Günter Eichel. Mit einem Nachwort von Thomas Bodmer detebe 20115

Hermann Harry Schmitz
Buch der Katastrophen. Tragikomische Geschichten. Vorwort von Otto Jägersberg detebe 20548

Science-Fiction-Geschichten des Golden Age
Von Ray Bradbury bis Isaac Asimov. Herausgegeben von Peter Naujack. detebe 21048

Klassische Science-Fiction-Geschichten
Von Voltaire bis Conan Doyle. Herausgegeben von William Matheson detebe 21049

Bram Stoker
Draculas Gast. Sechs Gruselgeschichten. Aus dem Englischen von Erich Fivian und H. Haas. detebe 20135

Roland Topor
Der Mieter. Roman. Aus dem Französischen von Wolfram Schäfer. detebe 20358

Jules Verne
Werke in 24 Bänden
Diverse Übersetzer. detebe

H. G. Wells
Der Krieg der Welten. Roman. Aus dem Englischen von G. A. Crüwell und Claudia Schmölders. detebe 20171
Die Zeitmaschine. Eine Erfindung. Deutsch von Peter Naujack. detebe 20172

Cesare Zavattini
Liebenswerte Geister. Erzählung. Aus dem Italienischen von Lisa Rüdiger. Vorwort von Vittorio de Sica. detebe 21058

Diogenes Taschenbuch 20549